Le Lieu...

LÀ OÙ TU SAIS DÉJÀ QUE TOUT EST POSSIBLE

Titre original : *The Place.*
Publié pour la première fois par Access Consciousness Publishing.

Traduit de l'anglais par Olivier Vinet.

ISBN : 978-2-7029-1465-6

www.editions-tredaniel.com
info@guytredaniel.fr
www.facebook.com/editions.tredaniel
@le_courrier_du_livre

Le Lieu...

LÀ OÙ TU SAIS DÉJÀ QUE TOUT EST POSSIBLE

GARY M. DOUGLAS

LE COURRIER DU LIVRE
27, rue des Grands-Augustins
75006 Paris

Remerciements

À Dona Haber, une relectrice remarquable qui comprend ce que je fais vraiment.

J'adresse également des remerciements spéciaux à Dain Heer, Simone Milasas, Nancy O'Conner, Wendy Hart et Vanitha Subramthian.

Merci à Stephen Outram, qui a créé un magnifique site Internet et une couverture de livre parlante, et qui n'a parfois même pas idée de tout ce qu'il apporte !

Enfin, je remercie en particulier toutes les femmes que j'ai connues et qui m'ont éduqué au sujet de ce qui pouvait être, ce qui devrait être et ce qui n'existe pas.

Chapitre I

Tandis que je conduisais dans la pinède et que le vent sifflait autour de moi, le vrombissement du moteur de ma Thunderbird de 1957 me rappelait avec douceur l'époque où la vie était plus lente et où la technologie n'était pas encore généralisée.

Cela faisait deux heures que je n'avais plus vu de voiture sur cette petite route qui menait à l'Idaho. Pourquoi l'Idaho ? Je ne sais plus, c'était simplement le souvenir de tant d'années, du calme, de la tranquillité, des pins, des ruisseaux silencieux, et de la fois où je m'étais arrêté à un carrefour qui ne débouchait nulle part où les seuls sons étaient ceux d'un vent léger et rythmé qui soufflait dans les arbres, d'un unique oiseau et du moteur. C'était l'un de ces moments profonds dans lesquels l'âme s'envole, le mental s'ouvre et l'intensité de l'espace reflète une paix intérieure qui vous fuit lorsque vous retournez au monde des avions, des trains, des voitures et du vacarme incessant.

Les années qui s'étaient écoulées depuis m'avaient apporté tout ce que l'on considère comme normal dans la vie. Le mariage, avec cette belle fille drôle et rieuse aux cheveux bruns, qui disparaissait durant les longues nuits ordinaires ; mes tentatives absurdes de ressembler aux autres, qui étouffent l'être et font de nous des personnages faux et humiliés, qui ne trouvent jamais vraiment leur place et qui tentent toujours de faire tout leur possible pour être normaux.

Un enfant, douce promesse d'un monde meilleur puisque, à l'instar de Jésus, il sauvera le monde – tout du moins le nôtre. C'est là un lourd fardeau que l'on place sur ses petites épaules tendres. Ses sourires guérissent ; sa joie de vivre atténue l'angoisse et la monotonie du train-train quotidien, dont les activités ternissent nos joies.

Enfin, le divorce. Ce que nous aimons chez l'autre meurt chaque jour à mesure que nous nous forçons à rentrer dans le moule formé par notre vague métier et la prétendue « vraie vie », qui fait des ravages tout en nous aveuglant. Pendant ce temps, les rêves, les possibilités et les joies sont emportés vers un passé que d'autres qualifient d'irréel, de stupide, de fou, de désespéré et d'aberrant.

Mais aujourd'hui, tandis que je suis au volant, la forêt, les ruisseaux et le vent m'apportent leur énergie et leur absence de jugement salutaires et me font don de l'ombre, de la lumière, d'odeurs agréables et d'une étincelante joie de vivre.

Je me gare derrière des saules rabougris, où d'autres se sont manifestement arrêtés avant moi, au vu des détritus qu'ils ont laissés là, témoignages de leur indifférence bizarre et de leur mépris insensé de la beauté et du silence. Probablement s'agit-il de ces personnes très inspirées qui, quand elles partent camper dans les bois, emmènent à la frontière du silence leur musique agressive et leur bière, symboles de leur culture, pour dissiper l'espace, confiner leur conscience et rendre tolérables les difficultés de leur vie.

Je reste dans ma voiture ; d'ailleurs, ai-je mentionné que j'ai laissé la capote chez moi ? Ma tranquillité sera donc fonction du temps. Le silence commence à apaiser mon corps et mon âme lasse, comme cela ne m'était pas arrivé depuis la dernière fois que j'étais venu par ici. J'ouvre la porte et me glisse hors de la voiture ; face à moi, un ruisseau paresseux et une plage de sable. Je retire doucement mes vêtements et pénètre lentement dans l'eau. Elle est froide, bien que ce soit la fin de l'été. J'ai la chair de poule ; c'est signe que je suis vivant. Je marche jusqu'au rocher immergé à moins d'un mètre en dessous de la surface de l'eau. Je m'assieds ; mais l'eau froide dans mon entrejambe me fait trébucher et je tombe dans l'eau. Je me relève avec la même joie qu'éprouve mon petit garçon quand il joue dans les vagues ou à la piscine. Soudain, son sourire, ses baisers et le fameux « Papa, je t'aime tellement » qui précède nos câlins et ses envies de jouets me manquent. Je me rassieds sur le rocher et des larmes perlent sur mon visage.

Tandis que le silence et la paix du ruisseau nous étreignent, moi et mon corps, en me procurant enfin un sentiment d'appartenance, curieusement, ma tension commence à se dissiper et de minuscules poissons commencent à mordiller les poils de mon corps comme s'ils voulaient s'en nourrir. Pour moi, c'est la sensation que j'ai réprimée afin de ne pas avoir à alimenter la pensée que je devrais être capable de me délecter des plaisirs sensoriels innés et pervers qu'apprécient les corps. Mes larmes déversent du sel dans ce doux ruisseau qui, pareil à la vraie vie, serpente de la manière la plus aisée et heureuse qui soit, contrairement aux gens qui vivent dans le fracas du monde et qui n'ont pas le choix, faute d'en avoir trop ; et c'est ainsi que l'absence de choix devient la réalité, la vie. Soudain, la stupidité de cette absence de choix laisse place à des éclats de rire qui me font prendre conscience de l'unité et du fait que, moi aussi, j'appartiens à la nature et au ruisseau de la vie, qui ne font qu'un avec moi. Je me suis toujours senti séparé et seul ; mais, enfin, j'ai ce sentiment d'appartenance et je sais que la souffrance que j'ai crue plus forte que moi dans ma vie est en réalité la marque d'une folle stupidité qui consiste à me sentir dépassé par ma souffrance, afin de croire dur comme fer que je n'ai pas le choix.

Et maintenant ? Je suis assis en ce lieu merveilleux où je me repose, en laissant l'eau emporter mon passé. En silence, vers l'angle du ruisseau, une belle femelle colvert se laisse glisser, suivie de ses adorables canetons, symboles silencieux et rapides d'une vie douce dont je me sens proche. Je me tiens là, mon espace plus ouvert que je ne l'aurais jamais cru possible ; ces douces créatures ne me considèrent pas comme une menace. Apparemment, l'odeur du moi n'est plus empreinte de fausseté et elles avancent vers moi. Les petits me dévisagent avec curiosité et se rapprochent pour mieux comprendre ce que je suis. Soudain, mes mains qui flottent dans le ruisseau leur semblent être un endroit convenable pour venir se poser. Le caneton le plus agressif vient sur ma main et enfonce ses petites griffes pour se sécuriser. La minuscule douleur n'est rien en comparaison de la souffrance que j'ai laissée me dicter mes choix de vie. Des éclats de rire montent d'un espace en moi dont j'ignorais tout, incapable de séparer ou de décider où je commence et où se terminent les autres.

La maman canard s'envole et les bébés, qui n'ont plus ses plumes à suivre, battent superbement des ailes et s'efforcent magnifiquement de fuir cet être étrange qui a la joie par trop bruyante.

Après leur départ, j'extrais mon corps de la douce fraîcheur qui, pour une raison ou une autre, donne à toute chose une apparence plus belle, et je commence à me diriger vers ma voiture. Le délicieux soleil et les caresses de la brise commencent à sécher mon corps. Je mets mon pantalon, qui me paraît soudain trop serré après avoir goûté à la liberté et à la joie de m'être laissé porter par le ruisseau et d'avoir fait corps avec lui. Puis je mets mon T-shirt, en prenant soudain conscience du contact des muscles qui désirent à nouveau être caressés pour la première fois depuis sept ans.

Je monte dans la voiture et je démarre, appréciant une nouvelle fois le vrombissement de cette adorable beauté d'autrefois qui me fait cadeau d'une exubérance et d'un plaisir que seule la conduite m'avait apportés jusque-là. Mais, aujourd'hui, le vrai cadeau, c'est curieusement d'avoir trouvé le moi dont je soupçonnais l'existence, mais que je n'avais encore jamais vu.

De retour sur la route, je conduis dans la lumière tachetée du soleil déclinant, en prenant conscience du gazouillement des oiseaux, dont je m'étais coupé avant d'arriver au ruisseau, et en ressentant la brise et le vent ; les odeurs des arbres s'accompagnent maintenant de l'intense sécheresse estivale et du subtil compost sous-jacent constitué des feuilles tombantes et de la terre odorante, qui me parlent de mon sentiment d'appartenance.

Tandis que le soleil disparaît parmi les arbres grands et élégants, et que la température commence à diminuer, je songe à cette douce musique de jazz qui était autrefois un véritable baume pour mon âme ; j'ouvre la boîte à gants dans laquelle se cache le nec plus ultra des chaînes stéréo que j'avais installé simplement pour faire enrager ma femme. J'en sors les CD qui correspondront à l'humeur qui, j'en suis sûr, marque un renouveau dans ma vie. Le doux manteau de l'obscurité descend sur moi qui suis au volant, et les phares délimitent l'intégralité de l'espace et du temps. Les minutes deviennent des heures et je continue de conduire.

Par moments, une autre voiture passe par là, flash d'une vision plus large des choses, réminiscence d'une journée qui n'est pas terminée, mais qui a été bien vécue.

Le CD se termine sur une de ces notes douces et plaintives, comme si, moi aussi, j'étais arrivé au bout de quelque chose d'inconnu. Je prends un autre CD, que je laisse tomber par terre. *Oh, merde!* Je déteste ça. Je tends la main pour chercher ce que je ne peux voir au pied du siège passager, je le trouve et je me redresse. Là, devant moi, j'aperçois dans la lumière des phares un cerf à dix cors figé, mort.

Je fais une embardée pour l'éviter, mais, devant la voiture, il n'y a que de gros rochers et aucune échappatoire. J'écrase les freins, la voiture glisse dans le gravier près du rebord, que je percute avant de heurter les rochers. Le métal arraché crisse, ma portière s'écrase, puis ma voiture se retourne. Mon corps se déchire dans l'obscurité et j'atterris sur le dos, dans une nature dure et vicieuse. Mon souffle est expulsé de mon corps; la douleur est telle que je sombre dans les ténèbres et perds connaissance.

Criant de douleur, je prends soudain conscience de la demi-lumière qui m'éblouit. Elle provient du seul phare qui reste de ma beauté broyée, cette voiture qui était mon dernier espoir et la promesse d'une vie meilleure. D'une voix rauque, je lance un fébrile appel à l'aide. En guise de seule réponse, les criquets et les insectes nocturnes se taisent. Au loin, j'entends le faible hululement d'une chouette. Il est temps de faire le point. Bon, j'ai perdu connaissance. Ma voiture est sortie de la route. Il n'y a qu'un phare, dont la lumière me paraît très faible. Peut-être suis-je resté longtemps évanoui. La route est au-dessus de moi. Si une personne passe par là, me verra-t-elle? Je suis sur le dos, que puis-je bouger? Mon bras gauche est dégagé et la main bouge, mais le bras droit semble bloqué et engourdi. Il me fait mal. J'essaie de le faire bouger, et, tandis qu'il se dégage de dessous mon corps, la douleur s'intensifie et je sombre à nouveau dans les ténèbres.

En ouvrant les yeux, la lumière de mon phare est encore plus faible. Combien de temps faut-il pour qu'une batterie se décharge ? Combien de temps s'est écoulé ? J'ai arrêté de porter des montres quand ma vie s'est effondrée. Je tends la main droite, et là, juste à côté de mon coude, se trouve un petit arbrisseau qui fait sept ou huit centimètres d'épaisseur. Si je peux l'atteindre avec la main gauche, peut-être pourrai-je me hisser sur le talus et revenir sur la route. Je tends la main gauche, ressentant une douleur presque insupportable, mais j'ai décidé de ne plus m'évanouir. Je reste donc conscient. Je saisis l'arbre, et, en tirant de toutes mes forces, mon corps commence à se tourner. Mais je sombre à nouveau ; tant pis pour ma décision.

Quand je reviens à moi, il ne reste de la lumière des phares qu'un filament me paraissant chaud et faible. Au moins, je me suis retourné, quand bien même j'ai la bouche pleine de gravier. Soudain, je prends conscience que cela fait longtemps que je n'ai pas mangé. Je tends les deux mains pour chercher quelque chose à quoi m'agripper pour me hisser sur le talus. Un petit buisson au niveau de la main droite. Je le saisis, je tire, mais il est arraché au talus. Je fouille de la main gauche : rien. Bon, je creuse des deux mains et je tire, mais la terre cède et mon corps reste sur place. Je vous en prie, que quelqu'un vienne me trouver. S'il te plaît, Dieu, fais venir quelqu'un. Incroyable de voir à quel point je peux être croyant dans un moment d'impuissance.

Il est temps d'essayer de pousser sur mes jambes. Je monte légèrement la jambe droite – c'est en tout cas ce que dit mon cerveau –, mais rien ne se passe. Que quelqu'un me vienne en aide ! Je réessaye et je tire avec mes mains, en enfonçant mes orteils dans la terre pour pousser. Mais, une nouvelle fois, les ténèbres m'enveloppent dans leurs bras accueillants.

Je ressens une petite main douce. Est-ce une illusion ou bien mon fils qui essaie de me réveiller d'un cauchemar ?

« Monsieur, avez-vous besoin d'aide ? »

Puis j'entends de l'autre côté l'écho de cette voix fluette :

« Monsieur, souhaitez-vous que nous vous aidions ?
— D'où venez-vous, les enfants ?
— Du lieu où tout est possible.
— Pouvez-vous aller chercher de l'aide, s'il vous plaît ?
— Bien sûr, monsieur. »

Tous deux répondent à l'unisson, comme s'il s'agissait de la même voix en stéréo, provenant des deux côtés de ma tête.

« Veux-tu y aller ? dit la voix de droite.
— Et pourquoi pas toi ? entends-je à gauche.
— Tu sais, on ferait mieux d'y aller tous les deux.
— Oh oui, parce que tu sais de quoi ils auront besoin.
— Oh oui ! »

Une petite main descend vers mon troisième œil, et la douce voix de l'enfant me dit : « Dormez maintenant, monsieur. Nous allons revenir avec notre sœur et notre oncle. Mais pour l'instant, dormez. » Et soudain, comme par magie, je suis à nouveau victime des ténèbres.

Une énième fois, je reviens à moi. La brume du petit matin filtre la lumière. Je suis sur le dos. Je lève le regard et aperçois les yeux bleus les plus beaux qui soient, sur un visage radieux caressé par le soleil et béni par les dieux d'antan. Le sourire de cette femme lumineuse et sa parfaite sérénité me réconfortent beaucoup.

« Qui êtes-vous ?
— Je m'appelle Ruth, comme dans la Bible. »

Elle a un accent à la fois étrange et familier. Elle est vêtue de l'une de ces robes hippies que l'on voyait dans les années 1960, longue, serrée en haut et tombante en dessous des seins. Tandis qu'elle déplace l'étoffe qui se trouve de part et d'autre de moi et que je regarde son magnifique corps, je suis hanté par un souvenir étrange.

Soudain, j'entends des pieds qui avancent sur le gravier et un homme imposant se penche au-dessus de moi. Son haleine me rappelle les céréales sucrées que l'on donne à manger aux chevaux.

« Eh bien, jeune homme, vous n'êtes pas au meilleur de votre forme. Comment avez-vous atterri dans ce bazar au milieu de nulle part ? »

Je commence à me remémorer ce qui s'est passé : la musique, le CD, puis le daim, le crissement du métal et mes esquisses de mouvement. Que dire ? Par où commencer ? Puis je songe à ma vie, au ruisseau et aux canards, et…

« Bon, cela fait beaucoup à digérer en aussi peu de temps. Il va falloir vous dégager de là, mais ça sera peut-être un peu douloureux, donc… »

Puis sa grande main calleuse se rapproche de mon troisième œil et, à nouveau, je sombre dans les ténèbres.

Chapitre 2

La lumière du soleil passe à travers une fente dans les rideaux et fait disparaître l'envie de dormir au profit de l'envie de sortir et de laisser l'air caresser mon corps. Une bonne petite balade me ferait le plus grand bien dans l'immédiat… Puis, en un éclair, je me remémore tout l'accident et je commence à m'interroger. J'examine la chambre. Elle est propre et lumineuse, elle me rappelle la ferme de mon grand-père. À l'origine, elle avait été une cabane en rondins mais, au fil des années, une grande pièce avait été ajoutée, jusqu'à ce que la demeure tienne plus de la maison victorienne que de la ferme. La chambre où je me trouve n'est pas sans me rappeler cette pièce unique qui constituait la maison au tout début. Elle aussi est en rondins et n'est pas neuve. Contrairement aux maisons en kit, ces rondins sont de différentes tailles et taillés à la main, pour rendre les côtés symétriques.

Le vieux mobilier victorien semble remonter aux années 1860, et le lit double est de petite taille. À la fenêtre, les rideaux sont en tissu vichy que personne n'utilise plus, cliché rappelant le bon vieux temps. Peut-être ce lieu fait-il partie d'un ranch éducatif ou d'un campement d'antan. J'en ai simplement entendu parler, sans jamais en avoir vu. Je regarde autour de moi s'il y a une télévision, comme dans toute bonne maison qui se respecte, mais je n'en trouve point. Peut-être n'y en a-t-il une que dans la salle commune. Un téléphone, peut-être y a-t-il un téléphone. Mais qui appellerais-je ? Mon ex me demanderait ce qui m'a pris de survivre et je ne voudrais pas inquiéter mon fils. J'imagine que ce n'est pas la chose à faire. Je regarde mes jambes, qui étaient en difficulté quelques heures auparavant – à moins que ce fussent des jours, voire des semaines auparavant. Je prends soudain conscience que le temps s'est arrêté lorsque j'ai vu le daim, et j'ignore tout de la date, du lieu et de mon état.

La porte s'ouvre, et les charnières apparemment anciennes ne grincent que légèrement tandis qu'elle pénètre dans la chambre. Le plateau sur lequel est posé un mets fumant attire mon attention, tel un signal lancé à des bébés oiseaux affamés ; j'en ai l'eau à la bouche.

« Bonjour, si je me souviens bien, vous vous appelez Ruth ?

— C'est exact, Jacob Rayne. »

Bizarre, je ne me souviens pas de lui avoir dit mon nom ; mais j'imagine qu'elle l'a trouvé sur mon permis de conduire.

« Il semble que j'aie assez faim, depuis combien de temps suis-je ici ?

— Cela fait sept jours maintenant que vous êtes principalement en train de guérir et que vous avez fait essentiellement le choix de ne pas vous réveiller et de ne pas être conscient. C'est ce qui se produit quand on a des blessures assez graves, ne vous inquiétez pas. »

Mais comment diable sait-elle que je m'inquiète ? Il y a vraiment quelque chose de bizarre.

Je regarde son beau visage entouré de doux cheveux dorés, et, tandis qu'elle s'avance vers moi, je prends intensément conscience de cette même présence sereine qui avait créé tant de calme en moi après l'accident.

« Où suis-je ? Ai-je été vu par un médecin ? Mes blessures sont-elles graves ? »

Elle me sourit avec l'élégance d'une vedette de cinéma des années 1940 et la douceur d'une vierge timide du Sud, puis s'assied simplement sur le lit à côté de moi :

« Il me semble que vous avez assez de force dans les bras pour vous redresser et manger plus facilement. »

Je perçois à nouveau cet accent troublant qui me paraît à la fois familier et étrange, et me demande d'où elle vient.

« Ne vous servez pas de vos jambes, elles ne sont pas encore assez fortes et il est probable qu'elles vous feront très mal. »

Je me mets en position inclinée, comme un ado légèrement attardé, puis elle met sa main derrière moi et tape sur mes coussins de sorte que je ne sois plus le dos à plat.

« S'il vous plaît, puis-je vous nourrir ? Ce n'est que de l'avoine, avec un peu de lait et de sucre, mais Oncle Jed a dit que c'était tout ce que votre estomac pourrait tolérer aujourd'hui. Aucun médecin ne vous a vu, vous êtes dans un petit village de montagne et nous avons en quelque sorte perdu le contact avec le monde extérieur depuis un certain temps. Nous vivons en autonomie, et je reste à l'écart du vacarme de la vie moderne. Oncle Jed a dit que vos fractures aux jambes devraient guérir normalement et que les dégâts que votre colonne vertébrale a subis prendront un peu de temps ; pour lui, il n'y a aucune raison que vous ne soyez pas complètement remis d'ici les premières chutes de neige. »

J'ai le sentiment étrange qu'il y a vraiment certaines questions que je devrais lui poser ou certaines réponses que je devrais exiger, mais, encore une fois, son expression sereine et sa tranquillité ne peuvent susciter que l'acceptation.

« Et ma voiture ? Est-elle restée en contrebas de la route ?

— Les jumeaux l'ont amenée ici et ils s'amusent beaucoup à essayer de la réparer. Nous n'en avions jamais vu de telle, ils ne sont donc pas sûrs de savoir quoi faire pour elle. Vous y tenez beaucoup ? »

Alors qu'elle met l'avoine sucrée et granuleuse dans ma bouche à l'aide d'une cuillère. J'essaie de me replonger dans mes souvenirs, mais je ne me rappelle pas avoir parlé de ma voiture. Je ne lui avais montré un attachement tout particulier que quelques fois, avant que ma femme ne se moque de moi parce qu'elle me trouvait parfaitement stupide ; par la suite, cet attachement a perduré. Peut-être en avais-je parlé dans mon délire, si tant est que j'eusse déliré.

« Vous n'avez jamais déliré, vous étiez simplement sans connaissance ou endormi. Vous n'avez pas besoin de vous soucier d'une éventuelle fièvre ou de problèmes de ce genre. »

Au moins, j'ai une réponse, même si, bon Dieu, je ne saurais la replacer dans un contexte pour voir si elle correspond à ce que je sais. C'est étrange, c'est comme si j'étais dans ce film avec Kathy Bates et James Caan, dans lequel elle le garde captif sans jamais lui donner de réponse directe afin qu'il reste à ses côtés. Suis-je tombé sur une secte étrange qui capture et détient des inconnus peu méfiants ? Je deviens aussi paranoïaque qu'à l'époque où j'étais marié : je m'attendais au pire, et c'était ce qui arrivait.

Nouvelle tentative.

« Un médecin est-il venu alors que j'étais sans connaissance ? Est-ce ainsi que vous savez ce qui ne va pas au niveau de mes jambes et de ma colonne vertébrale ? Et y a-t-il une raison pour laquelle vous ne répondez pas à mes questions ?

— Jacob, il y a certaines questions auxquelles il ne m'appartient pas de répondre ; elles doivent donc attendre que ceux qui peuvent y répondre le fassent. J'ai conscience que cela peut sembler frustrant, mais je ne saurais vous expliquer ce qui m'échappe. »

Tandis qu'elle termine son discours, les charnières de la porte annoncent l'arrivée d'un nouveau visiteur. Je dévisage maintenant l'homme à la barbe grisonnante qui m'avait fait dormir au bord de la route.

« Bonjour, Jacob. Je m'appelle Jedidiah Ramsey. Je suis le chef de notre clan, et c'est à moi qu'il revient de vous expliquer ce qui n'est pas normal chez nous. »

Tandis qu'il commence à s'adresser à moi, Ruth s'esquive sans même un signe. Elle glisse sur le plancher telle une sylphide d'antan et fait une pause pour me regarder avant de fermer la porte derrière elle. Je sens naître dans ma poitrine le désir de revoir son doux visage et sa présence bienveillante ; il me semble que je ne puis gérer l'intensité des sentiments que j'ai refoulés et dissimulés depuis des années pour pouvoir affronter tout ce qui ne marche pas dans ma vie. Je ressens ce que je ne saurais décrire que comme un baiser déposé sur mon être et dont, curieusement, je sais qu'il provient d'elle. Ainsi se réalise le fantasme de l'homme romantique, fantasme qui touche l'âme même quand elle n'est pas présente. Se peut-il que ce soit réel ? Est-elle réelle ? Ai-je découvert en ce lieu étrange ce que je croyais exister, sans jamais l'avoir trouvé ? Waouh ! Je suis passé de la paranoïa à la croyance en quelque chose d'imaginaire en moins d'une heure. Peut-être n'ai-je pas déliré, mais, en tout cas, je me fais de sacrées illusions.

Oncle Jed laisse échapper une profonde expiration avant d'ouvrir la bouche ; je m'attends à ce qu'il parle tout en ayant intensément conscience de la confusion qui transparaît dans les traits fins d'un homme à la fois âgé et sans âge. Chaque fois que je l'ai regardé, j'ai vu les caractéristiques de ce qu'on appelle le vieillissement, mais, à y regarder de plus près, je vois des pattes d'oie là où il devrait y avoir des rides et une peau pleine de vie là où elle devrait s'affaisser. Et même si sa barbe pourrait bien en dissimuler, je regarde ses deux yeux marron qui sont clairs et lumineux, et qui dénotent simultanément une expérience révélatrice de sagesse, une souffrance ayant engendré la tolérance et le passage du temps qui suscite la paix. Ses yeux sont une fenêtre qui ouvre sur la sérénité qui n'apparaît qu'après une longue vie, qui permet à l'individu de savoir que les choix que doivent faire les autres et que les difficultés qu'ils choisissent ne peuvent être changés, tout en ayant conscience que ces choix et ces difficultés sont à l'origine des merveilleuses possibilités qui sont à leur disposition. Mon grand-père faisait partie de ceux qui savaient que les gens choisissent ce qu'ils ne devraient pas choisir et disent ce qu'ils ne devraient pas dire, et qu'au bout de nombreuses années ils regrettent de ne pas avoir fait les choix qu'ils ne feraient jamais. Il avait aussi connaissance du réconfort et de la vertu qu'apporte la bienveillance à celles et ceux qui persévèrent là où d'autres renoncent, et de l'affection profonde qui ne peut naître que lorsqu'on a mordu la vie à pleines dents, qui créent un regard insondable que l'on pourrait décrire comme l'incarnation de la vie infinie, et qui permet de voir ce qu'il y a de grandiose, ce qui pourrait advenir, et de ne jamais pleurer ce qui ne sera jamais. Je sais que je peux avoir confiance en cet homme.

« Eh bien, Jacob, merci pour votre confiance, je vais faire tout mon possible pour l'honorer, et je répondrai à toutes vos questions du mieux que je le pourrai. Je vous demande seulement de me laisser le temps de trouver les moyens de vous expliquer certaines choses que je ne comprends pas complètement moi-même. Pour commencer, nous ne sommes pas une secte, mais il est vrai que nous avons certaines différences qui font que nous avons choisi de rester en marge des autres. Nous vivons en ce lieu depuis longtemps et, étant isolés du reste du monde, nous avons dû développer certaines choses que l'on pourrait, j'imagine, appeler des talents, pour gérer les différentes situations dans la vie. Personnellement, j'ai développé ce que l'on pourrait appeler des compétences en matière de guérison ; en quelque sorte, je suis le médecin de notre groupe. Il y a des années de cela, j'ai commencé à pouvoir ressentir la différence que cela faisait dans les différents endroits du corps lorsqu'une personne se cassait un bras ou une jambe et, au bout d'un certain temps, j'ai commencé à voir exactement ce à quoi cela ressemblait ; puis j'ai été capable de parler au corps et de stimuler sa guérison. Vous savez, le matin où les garçons nous ont amenés à vous, lorsque je vous ai touché et que vous vous êtes endormi… En fait, j'ai fait ce que j'avais appris à faire, c'est-à-dire à enlever la douleur. Cela court-circuite en quelque sorte les systèmes d'alerte du cerveau et cela crée une détente. Je n'avais jamais rencontré un problème comme celui que vous avez à la colonne vertébrale, mais que je crois que votre corps veut recouvrer la santé et qu'il guérira pourvu qu'on lui laisse un peu de temps. Qu'aimeriez-vous savoir d'autre ? »

Est-ce que je rêve ? Je ne comprends pas comment je peux accorder si aisément ma confiance après avoir passé des années à m'exercer au scepticisme, sans compter les années passées à vivre au sein d'un couple qui était très bien parti et qui, peu à peu, a laissé la place à un lavage de cerveau qui a produit l'homme que je ne connaissais pas et que je ne voulais pas être. Que m'arrive-t-il ? J'agis comme si tout était normal et comme si je n'avais plus besoin de m'inquiéter. Comment ça, plus besoin de m'inquiéter ?

J'ai des pensées que je ne devrais pas avoir, concernant des personnes que je ne connais pas, et j'accepte ce qui est dit comme si j'avais toujours fonctionné ainsi.

« M'avez-vous drogué ? Où suis-je vraiment et qu'attendez-vous de moi ? »

C'est mieux, j'ai l'air un peu plus contrarié, paranoïaque.

« Et au fait, qui sont ces mômes qui m'ont trouvé ? Et que faisaient-ils dehors au beau milieu de la nuit ? »

Le rire que laisse entendre Oncle Jed, pareil aux notes de musique que font les adolescents amoureux, me frappe comme si j'avais été éclaboussé par de l'eau froide.

« Non, mon garçon, nous ne vous avons pas drogué, et il se trouve que vous êtes à environ soixante kilomètres de la route où vous avez été blessé. Il est dur de se raccrocher au scepticisme et à la paranoïa quand les gens sont attentionnés. Nous restons à l'écart du reste du monde pour de nombreuses raisons, mais essentiellement parce que les gens qui vivent dans votre monde croient que leur méfiance les sécurise. En réalité, on est en sécurité parce que l'on croit en ce que l'on fait et en ce que l'on est. J'imagine qu'on pourrait dire que nous avons confiance en nous-mêmes. Quand on a confiance en soi, les personnes qui ne sont pas dans cet état d'esprit ont du mal à se raccrocher à leur méfiance. Je pense que vous reconnaîtrez cette différence chez nous. Les garçons sont les neveux de Ruth. Leur père est parti avant leur naissance et leur mère est morte en les mettant au monde.

— Mais je pensais que vous étiez guérisseur ! Pourquoi n'avez-vous pas pu la sauver ? »

Ma question indélicate, qui n'était pas tant une question qu'un reproche et l'expression de ma méfiance persistante, a fait vieillir cet homme de plusieurs décennies en quelques secondes. Des rides sont apparues et sa peau a commencé à visiblement s'affaisser. Soudain, son visage redevient comme avant.

« Je suis un guérisseur, Jacob, mais lorsqu'une personne que l'on aime perd la volonté de vivre, quoi que vous désiriez pour elle, vous ne pouvez la guérir. Elle était mon enfant et je voulais qu'elle aille plus loin dans sa vie que ce qu'elle a pu faire. Même la promesse d'accoucher de beaux petits garçons ne l'a pas fait changer d'avis. Il appartient à chacun de faire les choix qui lui conviennent.

— Puis-je vous appeler Oncle Jed, ou serait-ce irrespectueux ?

— Oui, Jacob, vous pouvez m'appeler Oncle Jed. J'en serais honoré. Voulez-vous rencontrer officiellement les garçons ?

— Oui, s'il vous plaît. Il faut que je les remercie de m'avoir trouvé.

— O.K. Les garçons, vous pouvez entrer maintenant ! »

La porte s'ouvre doucement et laisse apparaître deux garçons se ressemblant trait pour trait. Ils sont âgés d'environ douze ans. Je suis captivé par leurs yeux bleus brillants, comme si un insecte avait été placé sous une loupe. L'effet est instantané et quelque peu déconcertant ; en règle générale, les jeunes enfants ne me donnent pas le sentiment que mon âme est à nu. Pourtant, avec eux, c'est différent.

Oncle Jed tousse. Ce sentiment bizarre disparaît, et les garçons me sourient avec une douceur et une joie qui me donnent le sentiment qu'une conversation étrange s'est tenue à mon insu.

« Bonjour ! Moi, c'est Rob », dit le numéro 1, avant que le numéro 2 ajoute : « Et moi, c'est Roy. » Puis tous deux lancent simultanément : « Monsieur, vous étiez dans un sale état quand on vous a trouvé, mais, maintenant, vous êtes en bien meilleure forme. Oncle Jed est super et Ruth aussi est capable de belles choses. Elle s'est bien occupée de votre visage, qui était bien amoché la nuit où on vous a trouvé. Pourriez-vous nous parler d'elle ? On n'en a jamais eu de ce genre ici et on ne sait pas trop quoi en faire ? »

Je suis très confus. Je ne vois pas ce dont ces enfants veulent parler. Et puis, soudain, je me souviens de ce que Ruth a dit au sujet de ma voiture.

« C'est ma voiture, c'était en quelque sorte ma fierté et ma joie. J'espère bien qu'elle pourra être réparée et qu'elle pourra ressembler à nouveau à quelque chose. »

Les garçons se regardent avec un léger sourire qui écarte les coins de leur bouche, et, une nouvelle fois, j'ai le sentiment étrange d'être mis à nu. Une multitude de souvenirs de ma voiture et de ce à quoi elle ressemblait refont surface, telles des évocations du passé revenant habituellement au contact de saveurs, d'odeurs, de musiques et du toucher, viscéralement entières et à la texture complète.

Oncle Jed se racle la gorge et mes souvenirs intenses disparaissent.

« O.K., les garçons, vous avez les informations dont vous aviez besoin. Maintenant, il est temps de répondre aux questions de cet homme. »

C'est Rob qui s'exprime le premier :

« Monsieur Rayne, Roy et moi, on vous a entendu il y a pas mal d'années de cela. Nous avons la capacité d'entendre les personnes qui désirent un avenir qui, selon elles, devrait exister, et nous pouvons entendre leurs aspirations, leurs besoins. Nous entendons aussi les appels à l'aide. La nuit où vous vous êtes blessé, nous vous avons entendu. Quand on nous appelle urgemment, nous arrivons dans les minutes qui suivent, comme nous l'avons fait pour vous.

— Comment ça, vous arrivez dans les minutes qui suivent ? »

Je commence alors à avoir le sentiment étrange de glisser sur le côté, certain que la réalité était autre que ce que je venais de déduire… Ce ne pouvait être vrai. La main d'Oncle Jed touche mon front ; je sais que la douce obscurité qui n'appelle aucune question approche. Puis elle fond sur moi.

Chapitre 3

Le matin pénètre discrètement dans ma conscience, accompagné d'un roulement de tambour pareil au tonnerre au loin, du bourdonnement des insectes et du doux nectar qu'est le chant des oiseaux. Comment se fait-il que ces derniers soient parfaitement joyeux au début de chaque journée, pendant que nous autres, êtres humains, gémissons et pestons contre le lever du soleil, en suppliant que reviennent les ténèbres ? Nous sommes-nous voués corps et âme au malheur et à une croyance étrange qui voudrait que notre lit soit l'unique endroit où l'on se sente en sécurité, protégé des autres, et qui nous accordera la paix que nous évitons à tout prix, comme si cela nous permettrait, tels les oiseaux, d'être infectés par la dernière des stupidités, qu'on appelle le bonheur ?

En écho à cette faim de réponses qui me tenaille, les charnières de la porte se mettent à grincer – mais pourquoi ne les graissent-ils donc pas ? – et Ruth fait irruption dans la chambre, pleine de sérénité et d'aisance, en souriant et en portant un plateau dont mon nez me signale immédiatement qu'il transporte des œufs et du bacon. Je me redresse, conscient du besoin de laisser mes jambes au repos, et elle se penche pour taper sur mes oreillers. Mon corps, qui était il y a encore peu inerte, donne des signes de vie en sentant ses beaux cheveux, et au contact de cette gentillesse dont j'ignorais l'existence chez une femme, mais à laquelle j'avais toujours aspiré dans mes prières. Tandis qu'elle se redresse, je n'en crois pas mes yeux : elle rougit.

« Nous ne graissons pas les charnières afin que vous soyez toujours informé de notre arrivée. »

Oh, mon Dieu ! Elle lit dans mes pensées ! Maintenant, je suis gêné, parce que je sais pourquoi elle a rougi. Et quelle autre pensée ai-je eue que j'aurais préféré qu'elle ignore ? Mais, si quelqu'un sait lire dans les pensées des autres, peut-on vraiment avoir des secrets ? Bordel, mais comment se passent les relations ici ? Je doute de pouvoir vivre avec un tel degré d'intimité.

« Jacob, peut-être vous rendez-vous maintenant compte que nous sommes quelque peu différents. Nous communiquons par télépathie, comme vous dites, et nous nous autorisons la plupart du temps à avoir connaissance des événements avant qu'ils ne surviennent. Nous ignorions que vous alliez avoir un accident, mais nous savions que vous étiez en chemin. »

J'ai l'impression d'avoir été percuté de plein fouet par une locomotive. J'ai le souffle coupé ; je ferme les yeux et je commence à secouer la tête. Ce ne peut être vrai, j'ai dû la perdre, ma tête. J'ouvre la bouche et les yeux pour répondre, mais, soudain, les jumeaux se retrouvent de part et d'autre de mon lit, leurs yeux brillants et rieurs témoignant de la diablerie qui les amuse – à mon avis à mes dépens. Me suis-je évanoui pendant un instant, ou bien étaient-ils cachés sous mon lit avant d'en sortir alors que je songeais à tout cela ?

« Non, Jacob, nous n'étions pas sous votre lit. Nous avons fait la même chose que la nuit où vous vous êtes blessé. »

De qui s'agit-il ? De Rob ou de Roy ? Comment les distinguer ? Ils se ressemblent comme deux gouttes d'eau.

« Moi, c'est Roy. Tenez, prenez ma main et vous arriverez à sentir la différence entre nous. C'est de cette manière que nous vous connaissons et que nous percevons votre différence. Et c'est ainsi que nous savons qui pense quoi et où. »

Je saisis sa douce main. Bon sang, qu'est-ce que mon fils me manque ! Ses mains tendres me font penser à lui.

« Ce n'est pas que vous pensiez à votre fils ; en réalité, lui et moi, nous avons une vibration similaire. Nous ferions de bons amis.

— Maintenant, prenez aussi ma main », ajoute Rob.

Tout en m'exécutant, j'ai le sentiment que les bébés canards sont sur mon corps. Puis tous deux s'exclament de concert :

« O.K. Maintenant, monsieur Rayne, fermez les yeux et ressentez la différence. »

Tandis que je ferme les yeux, tous deux me lâchent les mains, et, soudain, je ressens les canards dans la main droite et l'énergie filiale dans la main gauche. J'ouvre les yeux et n'arrive pas à faire la différence.

« Fermez les yeux. »

J'obtempère, et, une nouvelle fois, j'ai ce sentiment bizarre avec un changement de côté. J'ouvre les yeux et regarde ; les garçons ont disparu. Je cligne des yeux, secoue la tête, puis à nouveau ils sont là, près du lit. L'un des garçons me prend la main ; je ressens l'énergie de mon fils et l'intense besoin que j'ai de lui, mais que je veux ignorer :

« Tu es Roy, c'est ça ?

— Oui, monsieur. »

Puis je ferme les yeux et place mon attention à gauche. Je ressens l'énergie qui change plusieurs fois ; j'ouvre les yeux et regarde le garçon à ma droite ; je ressens les bébés canards…

« Oh, mon Dieu, je sais faire la différence. Tu es Rob ! »

Le fait que désormais, les yeux fermés, j'arrive à faire la différence entre les deux me paraît stupéfiant. Mais je me souviens d'avoir été alité avec plus de deux personnes autour de moi, et d'avoir toujours su qui je touchais. J'imagine qu'au fond cela n'a rien étrange. Je veux simplement que les choses soient ainsi ; aussi, je peux croire que tout ce que je vis est soit terriblement juste, soit terriblement injuste, le mot-clé étant « terriblement ».

Les sourires sur les visages des deux garçons irradient une joie qui me manque et que j'ai vue chez les jeunes amis de mon fils, qui sont toujours reconnaissants lorsque nous autres, les vieux, réussissons à sentir l'éclat et la luminosité qui se dégagent par nature des petits corps. J'ai l'impression d'avoir grimpé le mont Everest pour eux, mais aussi qu'il y a un mur qui s'est désintégré et que je suis intensément conscient de tout. Je reconnais la vibration de Ruth, et des larmes commencent à couler sur mon visage. Elle est la femme dont je rêve depuis dix ans. Il n'est pas étonnant que sa voix me hante ; je l'ai entendue au moins deux fois par semaine pendant des années. Et puis, il y a l'odeur de ses cheveux, la lumière par la fenêtre et la joie dans mon cœur de savoir enfin que la personne à laquelle j'aspirais et que ce que je voulais existe vraiment. Puis le souvenir des rapports sexuels que j'ai eus en rêve commence à faire chanter mon sang. Mon cœur bat la chamade, mon corps respire profondément la vie qu'il a toujours cherchée et dont il n'a que vaguement cru en l'existence, éclatant tel un ballon trop rempli, et la joie de vivre suinte des pores de ma peau. Jamais on ne m'avait parlé de ce genre de phénomène, jamais je n'en avais eu la démonstration. Pourtant, tout cela me paraît à la fois juste et plus extraordinaire que tout ce que j'avais jamais cru possible. Mes sens, qui s'étendent à toute la chambre, perçoivent vaguement l'existence d'une pliure dans l'univers, comme on en parle dans *Star Wars*. Je regarde Ruth ; elle aussi pleure. Elle sait, ou savait, ou soupçonnait, ou a vécu la même chose que moi. Comment est-ce possible ?

Les garçons s'expriment ensemble :

« Monsieur Rayne, nous avons tous perçu l'espace dans lequel vous et Ruth vivez ensemble. Ici, nous savons tout, et rien n'est immoral. Cela nous plaît que vous vous rendiez mutuellement heureux. Vous nous avez appelés il y a de cela des années, lorsque vous êtes venu par ici, et, depuis, vous faites partie de notre famille. »

J'ai envie d'être gêné, parce que ces garçons sont au courant de mon univers intime, mais non, je suis en paix. Tandis qu'ils continuent de me parler, je remarque que, bien que je puisse les entendre, leurs lèvres ne remuent pas. Est-ce que je perds la raison, est-ce que je me fais des illusions, ou bien est-ce un rêve dont je vais bientôt me réveiller ?

« Non, Jacob, ce n'est pas un rêve. C'est cela, la communication véritable. Les garçons, Oncle Jed et nous autres sommes reliés par une ligne directe. Vous aussi, vous avez toujours eu cette faculté, mais vous pensiez que c'était un heureux hasard lorsque vous saviez ce à quoi pensaient les autres, quand vous leur téléphoniez ou lorsque vous aviez un aperçu de l'avenir. Pour nous, c'est normal ; vous, vous appelez cela la médiumnité. »

Alors que Ruth termine ses explications, j'ai conscience que tout ce que j'ai vécu avec ces personnes est si normal que, pour la première fois de ma vie, je me sens chez moi. Enfin, je sais où est ma place… Ici.

Les garçons disparaissent de la chambre, tandis que Ruth s'approche de moi. Mon corps souffrant revient soudain à la vie, bouillonnant d'une énergie qu'il a connue pour la première fois à l'âge de dix-neuf ans.

Elle arrive près de moi, sans aucune gêne, se penche, et sa robe disparaît, comme dans mes rêves ; je me demande comment ce serait, en vrai. Mon Dieu, ne me laisse pas mourir d'une extrême félicité. Elle tend la main et prend la mienne ; tandis qu'elle m'embrasse, une énergie jaillit de chaque cellule de mon corps. Puis je sombre dans les ténèbres, glorieusement, gracieusement, dans une immensité de vie que je n'ai jamais ressentie.

Chapitre 4

Je suis réveillé par l'exubérance des oiseaux, l'intensité de la brise dans les pins et le sentiment intime que quelqu'un approche. Non, pas quelqu'un : Ruth. Je m'étire, je cambre le dos et je repousse mes pieds vers le bout du lit. Waouh ! Je n'ai pas eu mal, comment cela se fait-il ? Hier encore, je n'arrivais même pas à les remuer. Les charnières grincent et elle entre, avec mon petit déjeuner. Mon nez m'indique qu'il y a des fruits et quelque chose de chaud que je ne reconnais pas. Et puis, il y a le festin réservé à mes yeux : elle.

Elle sourit.

« Jake, la sexualité est une forme de guérison, une énergie qui invite le corps à se souvenir de lui-même, mais en l'occurrence, ton corps a besoin de dormir, et non de prouesses physiques.

— Alors pourquoi me parles-tu ce matin, au lieu de juste t'exprimer mentalement ?

— Apprendre à écouter avec seulement le mental demande du temps, à moins que les jumeaux ne soient là. Ce qu'ils font, c'est courber l'espace. C'est ce que l'on fait quand on se rend quelque part en voiture et qu'on y arrive plus tôt que la normale. Quand on courbe l'espace, on peut apparaître et disparaître comme les garçons, mais on peut également le modifier, afin que la personne en compagnie de laquelle on se trouve cesse de considérer que le temps et la matière sont à l'origine de la vie, et afin qu'elle s'élève à un niveau d'être qui s'élargit et génère différentes possibilités.

— Waouh, merci ! J'ai l'impression d'avoir assisté à un cours de physique quantique lors de mon premier jour à la maternelle. Y a-t-il une façon dont tu pourrais expliquer cela aux personnes stupides ? Parce qu'apparemment, aujourd'hui, j'en fais partie !

— Je vais essayer. Le temps n'est pas réel, c'est une construction que le monde utilise pour justifier qu'on n'incarne pas dans la matière toutes les prises de conscience et communications provenant de la structure moléculaire, ce qui permettrait qu'il devienne inutile d'en passer par le stade de la destruction dans la vie.

— Là, c'était bien plus clair ! »

Son rire titille les petits poils de mes bras. Manifestement, ma remarque sarcastique a eu l'effet escompté.

« Bon, vu que ce rapport sexuel m'a autant guéri... Et si on remettait ça pour me requinquer un peu plus ? »

Une nouvelle fois, son rire titille mes poils. Comme il est fabuleux d'éprouver un plaisir aussi extrême sans ressentir le moindre besoin de goûter à cette énergie sexuelle qui, comme je l'avais toujours cru jusque-là, devait conduire à des choses obscures et finir au lit !

« Eh bien, monsieur Rayne, on ne peut réveiller le corps de sa torpeur que très progressivement, sans changer sa structure de manière potentiellement désagréable. En plus, si on s'économise, l'effet sur soi sera bien meilleur. »

Son regard est plus sexy et plus émouvant que tout autre regard que j'aie jamais vu, et je sais que ce n'est pas simplement pour me taquiner, mais qu'il s'agit surtout d'une promesse dont je sais qu'elle « viendra ». Je souris de mon propre jeu de mots, ce qui, là encore, la fait rire et titille mes poils.

Les charnières signalent alors un nouvel arrivant, et mes sens m'indiquent que c'est Oncle Jed.

« Bonjour, Jacob. Mangez votre petit déjeuner, le festin réservé à vos yeux s'en va maintenant. »

Avec une merveilleuse élégance flottante, Ruth sourit et quitte la chambre en faisant des méandres, me laissant simultanément excité et le souffle coupé.

Je regarde le petit déjeuner posé devant moi ; les fruits rouges regorgent de sucre et l'arôme de la viande étrange disposée sur l'assiette est alléchant. Il s'en dégage de la fumée et un mélange de saveurs que je ne connaissais pas.

« Ça m'a l'air bon et ça sent bon. »

Tandis que ma fourchette découpe la viande délicate, l'arôme de la nature sauvage se mêle à mes papilles gustatives, et perdure telle une formule envoûtante prononcée dans une pièce de théâtre de haut niveau.

« De quoi s'agit-il, Oncle Jed ?

— Jacob, il s'agit d'un serpent à sonnettes qui rampait chez nous l'autre soir pour s'offrir à nous et à nos corps. Tu te souviens que je t'ai dit que nous sommes différents ? Eh bien, nous faisons appel aux créatures qui acceptent de faire don de leur corps pour nourrir le nôtre. Ruth, moi, les garçons et les autres personnes qui sont là depuis un certain temps n'avons pas besoin de beaucoup manger, mais comme tu dois te remettre, il y a certaines viandes, certains fruits rouges et certains légumes, ainsi que certaines plantes médicinales dont ton corps nous indique qu'il a besoin énergétiquement pour retrouver la santé. Donc, nous lançons un appel et elles viennent se montrer à nous. »

Le serpent à sonnettes est tellement bon que je le mange goulûment, alors même que j'aimerais tant être repoussé par l'idée de manger du serpent. Mais je sens qu'il est vrai que le serpent est venu de son propre chef ; curieusement, cela rend son goût encore meilleur.

« Oncle Jed, comment ce lieu a-t-il été créé ? Comment êtes-vous arrivés ici et que voulez-vous dire quand vous affirmez que j'ai demandé à vous rencontrer et à connaître ce lieu ?

— Écoute, fils, cela fait beaucoup de questions qui nécessitent toutes de longues explications. Et si je faisais une petite guérison à ton corps en essayant de te donner la meilleure réponse possible, parce qu'en fait je ne connais pas toutes les pièces du puzzle sur le bout des doigts ? Mais je te promets de faire de mon mieux. Ferme les yeux et laisse-moi te raconter comment nous avons trouvé ce lieu. »

Chapitre 5

« En 1860, nos familles ont décidé de quitter les forêts de la Géorgie dans lesquelles nous vivions depuis très longtemps, soit depuis près d'un demi-siècle. Notre famille étant un peu plus riche que nos voisins, nous avons été quelque peu arrogants et avons investi une grande partie de notre argent dans des domaines où nous n'y connaissions rien. Lorsque la Grande Dépression a sévi, en 1830, nous avons presque tout perdu, notamment la plupart de nos terres et tous nos esclaves. Nous avons réussi à conserver environ soixante-cinq hectares de terres alluviales et la maison, mais cela ne suffisait pas à entretenir les vingt membres de notre famille, en comptant nos frères, sœurs et cousins. Lorsque le Sud a commencé à parler de sécession, nous avons tous voté et décidé de partir, car à l'horizon ne se profilaient que la pénurie et les violences de la guerre. C'est ainsi que toute notre famille a commencé à prier pour découvrir un "lieu" où l'on pourrait trouver ce que la vie a de mieux à offrir. Quelques mois après avoir fait ces prières, un voisin nous a proposé de tout nous racheter. Nous avons alors emporté l'argent, des chariots et nos chevaux, vaches, cochons, moutons, canards et poules. Notre convoi était prêt à se diriger vers l'ouest. C'était encore l'hiver lorsque nous sommes partis. Nous avons eu du mal à rejoindre Kansas City, ville à partir de laquelle une multitude de convois de chariots prenait la direction de l'ouest. La plupart allaient dans le Dakota du Nord et le Dakota du Sud ; quant à nous, nous voulions aller dans l'Oregon. Dieu sait comment nous avons choisi cet État, alors que la plupart des gens se dirigeaient ailleurs.

Il restait deux mois avant le dégel et l'arrivée du printemps, ce qui faciliterait notre voyage. Certains membres de notre famille ont trouvé des emplois, tandis que des femmes nous ont été enlevées pour être mariées. Nous étions moins nombreux. Nous avons annoncé que nous étions un groupe religieux qui cherchait un guide pouvant nous conduire dans l'Oregon.

Environ un mois avant la date de départ prévue, un homme s'est présenté à nous ; il était sale, vieux, et il lui manquait trois doigts à la main droite. Il a déclaré craindre Dieu, être marié à une squaw indienne et pouvoir nous emmener dans l'Oregon. Les quinze membres restants de notre famille ont voté, et puisque nous n'avions pas rencontré d'autre guide – essentiellement parce que nous n'avions pas beaucoup d'argent pour le payer –, nous avons décidé de le suivre. Environ une semaine plus tard, nous avons chargé nos cinq chariots, tous les animaux et tout le mobilier qui nous restaient, et nous nous sommes mis en route. »

Chapitre 6

« Les détails du voyage ont depuis longtemps été oubliés. Il suffit de dire que nous avons rencontré des Indiens, sans jamais sembler avoir de problème avec eux. Notre guide, John MacDonald, dont le diminutif était Mac, partait toujours avec sa femme pour parlementer avec eux, et ils revenaient toujours avec une demande de la part des Indiens : un mouton, une vache, du sel ou du sucre, mais rien d'autre. Sa femme, que nous appelions tous "Mme Mac", parce que personne parmi nous n'arrivait à prononcer son nom, était silencieuse et avait l'habitude étrange de systématiquement avoir à sa disposition ce dont on avait besoin. Apparemment, elle ne parlait pas anglais.

Après environ quatre mois de voyage, tout a commencé à mal tourner. Des roues qui étaient censées être neuves ont pourri. Le petit salé, qui était pour nous un aliment de base, s'est avarié. Nous avons commencé à chasser plus souvent, mais nous avions du mal à repérer ou à attraper des animaux, car la sécheresse était passée par là et il ne restait pas beaucoup de gibier sur ce chemin.

M. Mac a attrapé la fièvre après s'être coupé la main sur l'un des outils rouillés que nous avions emportés, mais que nous n'avions pas entretenus, et nul ne savait que faire pour lui. Sa femme s'asseyait à côté de lui ; elle lui touchait périodiquement le front et il s'endormait. Elle lui chantait des chants que psalmodient les Indiens, et la paix étrange qui prévalait alors nous faisait du bien à tous, nous donnant le sentiment que tout irait bien.

Au bout de vingt jours de fièvre, M. Mac est mort. Nous l'avons enterré sur place, et, dans la tourmente, nous avons pris conscience que nous ne savions absolument pas où aller. Nous nous sommes réunis et avons prié pour recevoir de l'aide ; nous avons sorti notre boussole pour savoir quel chemin suivre pour aller à l'ouest. Nous avons rassemblé les quatre chariots restants (nous en avions déjà mis un de côté pour stocker tout ce que nous avions cassé) et nous nous sommes mis en route.

Mme Mac nous a accompagnés, et comme nous n'étions plus de parfaits débutants – tout du moins c'est ce que nous pensions –, nous avons essayé de nous frayer un chemin dans les canyons et les collines. De temps à autre, elle nous indiquait une direction dont nous pensions que ce n'était pas du tout la bonne, et il s'avérait toujours que son chemin était plus facile que celui que nous avions choisi.

Après trois semaines supplémentaires de voyage, le temps a commencé à se gâter et l'automne est arrivé : le tonnerre, les éclairs et les pluies nous sont tombés dessus comme jamais. Les ruisseaux que nous avions traversés aisément ont commencé à se transformer en rivières, et la facilité a laissé place aux grandes difficultés.

Matilda Ramsey, notre mère à John et moi, était tombée enceinte peu de temps avant notre départ, et l'enfant a décidé que le moment était venu de sortir. Nous avons repoussé de deux semaines la progression de notre convoi afin que Stormy* (c'est le nom que nous avons donné au bébé) puisse venir au monde. Ce nom paraissait étrange, mais chaque fois que nous

---

* *Stormy* signifie tempétueux, orageux (NdT).

disions que le temps était à la tempête, elle cessait de faire des histoires et nous pensions qu'elle voulait nous dire quelque chose ; et chaque fois que nous l'appelions Ellen, le premier prénom qui lui avait été donné, elle pleurait en faisant un boucan pas possible.

Nous nous sommes remis en route au moment de légères chutes de neige, en pensant que nous ne pouvions être loin de la civilisation. Cela faisait tellement longtemps que nous étions en chemin que nous pensions trouver bientôt du monde. Mme Mac nous a indiqué une direction qui n'allait pas tout à fait à l'ouest, mais elle s'était montrée tellement plus douée que nous pour indiquer le chemin que nous avons choisi de suivre ses conseils. En fait, cela avait quelque chose d'étrange de voir que, sans passer par la force, le vote ou la discussion, elle était devenue la personne que nous suivions en toute confiance. »

CHAPITRE 7

« Environ quatre jours après avoir repris notre périple, nous sommes arrivés à une rivière bouillonnante agitée de roulis qui grondait comme une bête sauvage. Nous avons cherché l'endroit le plus calme pour traverser et l'avons trouvé à moins de deux kilomètres en aval, en un lieu calme et pas trop profond. Mme Mac n'avait de cesse de dire qu'il fallait aller en amont, mais nous n'y voyions que des rapides et des difficultés ; nous avons donc choisi notre point de passage, et non le sien.

Lorsque nous avons commencé à franchir la rivière, le premier chariot était celui de Matilda, de son mari Joseph et de leurs enfants. Alors que les deux tiers du chemin étaient parcourus, le chariot a cessé d'avancer, les chevaux se sont mis à se cabrer et à crier, et le courant a commencé à les faire pivoter sur le côté. Ils ont ensuite été entraînés en arrière, vers les rapides qui étaient juste à côté de ce lieu calme, et la famille aussi a commencé à hurler. Mme Mac et plusieurs des hommes se sont lancés à cheval dans la rivière dont le niveau, sans prévenir, s'était soudain élevé de plus de cinquante centimètres, et tandis que leurs montures s'opposaient aux eaux montantes, ils se sont précipités pour tenter de remédier à ce qui paraissait inévitable.

Le chariot a tremblé en heurtant un rocher non loin de la rive, et il a commencé à se désagréger. Les personnes qui étaient sur le rivage ont observé avec horreur les membres de la famille tomber un à un dans les eaux grondantes et être avalés. Mme Mac a réussi tant bien que mal à rejoindre ce qui restait du chariot, et elle a attrapé Stormy et moi-même. Elle a pris le bébé dans les bras et a réussi à me garder derrière elle, puis à rejoindre la rive avec son cheval.

Aucun des hommes n'avait été capable de sauver les autres. Notre groupe s'est assis sur le rivage pour pleurer non seulement les membres de la famille que nous avions perdus, mais également la nourriture, le stock et les animaux qui étaient dans le chariot, ainsi que ces merveilleux chevaux qui s'étaient si bien occupés de nous au cours des derniers mois de voyage et de difficultés.

Mme Mac a sauté de son cheval avec Stormy dans les bras. Nous n'avions jamais vu la petite aussi calme et mignonne. Je me suis assis là ; j'étais grelottant, mouillé, et je pleurais. Mme Mac a commencé à ramasser du bois et a fait un feu. Soudain, c'est comme si le reste du groupe était revenu à la vie. Ils sont allés chercher des couvertures pour Stormy et moi ; Ulah May a pris Stormy avec elle et a laissé Mme Mac se déplacer librement ; Lulah May, sa sœur, a jeté des couvertures autour de Mme Mac, qui, en plus d'être notre sauveuse, faisait maintenant partie de la famille. Car seule la famille risque sa vie pour vous, ou alors les amis les plus proches. Quoi qu'il en fût, elle était maintenant des nôtres, de même qu'elle-même nous avait pris sous son aile. Elle avait beau être indienne, silencieuse, et ne pas parler anglais, rien de tout cela n'avait plus de sens. La gratitude pour ce qu'elle avait fait l'avait emporté sur le chagrin d'avoir perdu des membres de notre famille. La gratitude à l'égard d'une femme qui avait risqué sa vie pour en sauver d'autres. Jamais nous ne l'oublierions. »

Chapitre 8

« Plusieurs jours après avoir retrouvé deux des corps et les avoir enterrés, nous avons repris notre chemin vers le nord dans la direction du lieu que Mme Mac avait essayé de nous montrer avant. Apparemment, il y avait eu dans les montagnes des tempêtes qui avaient fait monter le niveau de l'eau de la rivière.

Nous étions désormais tous rongés par la peur à l'idée de devoir à nouveau franchir la rivière, mais nous n'avions pas assez de nourriture et nous étions trop loin de la civilisation pour faire demi-tour. Nous nous sommes donc assis et avons regardé, en espérant malgré tout que le niveau de l'eau diminuerait. Mme Mac a attendu, puis elle s'est dirigée vers son cheval, s'est mise en selle, est allée voir Ulah May, qui lui a tendu le bébé, et enfin s'est avancée vers la rivière. Tandis qu'elle entrait dans l'eau qui s'écoulait rapidement, tout le monde lui a crié : "Non !" Elle s'est arrêtée, s'est retournée vers nous, puis a continué sa traversée. La panique que nous ressentions tous était palpable, et le fait d'avoir récemment perdu tant d'entre nous dans cette même rivière nous donnait à tous la certitude que le désastre était imminent. Mais, au milieu de la rivière, le cheval a commencé à sortir de l'eau, et au bout d'un mètre environ, l'eau ne lui arrivait plus qu'à la cheville. Nous avons alors compris que nous étions passés à côté de cette zone auparavant. Apparemment, l'eau avait inondé la rive et était en fait moins profonde ici qu'ailleurs. Nous savions tous que, jamais plus, nous ne douterions de Mme Mac. Dans les minutes qui ont suivi, nous étions en selle et avons suivi son exemple. Elle nous attendait de l'autre côté de la rivière. C'est ainsi que s'est terminée cette épreuve, mais nous n'étions pas encore au bout de nos peines.

Dans les quelques semaines qui ont suivi, nous avons poursuivi notre progression, toujours vers l'ouest et légèrement vers le nord. Et puis, un jour, Mme Mac s'est arrêtée comme si elle avait été frappée par l'éclair et elle s'est tournée droit au nord, en direction d'un petit canyon. Nous en avons franchi un petit, puis un grand, puis à nouveau un petit et un grand, avant de nous arrêter face à une énorme falaise qui descendait d'une montagne rocheuse. En dessous, nous avons juste aperçu, parmi les quelques flocons de neige qui tombaient silencieusement des nuages, un toit et de la fumée. L'euphorie de voir qu'il pouvait y avoir d'autres personnes à proximité a réveillé en nous une lueur d'espoir et un enthousiasme qui, à notre insu, avaient totalement disparu de notre existence. Nous avons fait avancer nos chevaux au trot, et tandis que l'air faisait écho au bruit des harnais, nous avons vu soudain apparaître de petites silhouettes à travers la porte de la cabane et avons commencé à les saluer et à crier.

Au bout d'environ un quart d'heure, nous sommes arrivés à la cabane et nous nous sommes alors rendu compte qu'elle était délabrée et que ce mauvais état était lié à des années de négligence ; néanmoins, nous avons été accueillis avec grâce, gentillesse et joie par les deux occupants. L'homme avait la vingtaine ; sa longue barbe témoignait d'un manque d'entretien. Ses cheveux formaient une longue tresse qui descendait le long de son dos jusqu'en bas de ses fesses. Il s'est avancé et s'est incliné solennellement, avec maladresse et timidité, comme une personne qui a oublié depuis longtemps les usages de la société.

“Bonjour, amis, bienvenue dans la Vallée creuse. Voici notre demeure. Je m’appelle John Lancaster et voici ma sœur, Norma Lea. Je vous en prie, entrez. Nous avons beaucoup de poules et nous pouvons préparer un petit dîner. Bienvenue, bienvenue !”

La jeune femme qui était derrière lui portait une robe comme nous n’en avions pas vu depuis des années, depuis l’époque où nous avions de l’argent. On aurait dit qu’elle était prête pour aller au bal, bien que le satin bleu fût légèrement sale et que la dentelle fine suggérât qu’elle était dérangée ou qu’elle l’avait mise pour nous impressionner. Puis elle s’est exprimée :

“Mon frère et moi-même vivons ici depuis huit ans. Nous sommes les derniers membres de notre groupe. Nous sommes venus ici pour chercher un chemin pour nous rendre dans l’Oregon et notre groupe s’est perdu. Nous avons atterri ici à l’arrivée de l’hiver et avons décidé de rester. C’est depuis ce temps-là que nous n’avons pas vu de visages étrangers. Mais entrez, il commence à faire froid et humide. Je vous en prie, joignez-vous à nous. Seriez-vous tous prêts à m’aider à préparer le repas ?”

Au cours du dîner, nous avons appris que Norma Lea et John avaient été les plus jeunes enfants de leur convoi de chariots. Leur groupe s’était perdu au cours d’une tempête de neige et avait suivi les vallées, en pensant déboucher quelque part, avant de tomber nez à nez avec les montagnes. Comme la neige tombait de plus en plus, les hommes avaient construit une très grande cabane pour abriter tout le monde, et des dépendances pour le bétail et les chevaux. La tâche était difficile avec la neige, mais cela valait mieux que de ne rien faire. Heureusement, ils avaient beaucoup de nourriture et étaient sûrs que tout irait bien. Pendant l’hiver, il avait été décidé qu’à l’arrivée du printemps les hommes rebrousseraient chemin pour voir s'ils trouvaient un sentier qui leur permettrait de sortir des montagnes. Les femmes et les deux enfants resteraient sur place. John avait voulu accompagner les hommes en expliquant amèrement que, du haut de ses seize ans, lui aussi était un homme, mais sa proposition avait été rejetée, d'autant qu'il fallait laisser sur place quelqu'un qui pourrait protéger les femmes, tirer et s'occuper des animaux. Au bout du compte, John a compris qu'ils avaient raison. Durant les deux premières années, ils s'en étaient bien sortis. Le bétail était laissé en liberté dans la vallée, et tout le monde travaillait ensemble, certain que les hommes reviendraient à tout moment.

Le troisième hiver a été plus rude que les autres, et une partie du bétail a gelé et a dû être mangée. Les femmes ont commencé à déprimer et à perdre l'espoir de revoir un jour leurs hommes. Elles auraient bien aimé avoir gardé suffisamment de chevaux pour les atteler aux chariots et partir, mais ce n'était pas possible. Elles ont passé l'hiver, puis le printemps ; les cultures poussaient, mais à l'automne, à la suite d'un été sec, un éclair a frappé l'extrémité est de la vallée, et le feu qui s'est ensuivi a failli consumer tout ce qu'ils avaient construit. Tout le monde a pris des pelles, des couvertures, des seaux d'eau et s'est efforcé de protéger la maison et les granges. Heureusement, il y avait derrière la maison un lac qui était alimenté en eau de source, et, chacun s'étant mis au travail, beaucoup de choses ont pu être sauvées de la catastrophe. Le bétail et les chevaux avaient brûlé, mais il restait beaucoup de poules. Et c'est donc grâce à des poules et des pommes de terre qui avaient survécu au feu que tous se sont nourris. Au cours de l'hiver suivant, l'une des dames s'était aventurée dans la neige au cours de la nuit et n'avait jamais été retrouvée, bien qu'au printemps on découvrît des morceaux de vêtements ensanglantés à des kilomètres de la cabane. Probablement les loups. »

CHAPITRE 9

« Après l'incendie, l'espoir a semblé disparaître, et, une à une, les femmes ont renoncé et sont mortes, comme si c'était l'espoir qui motivait le désir de vivre.

Norma Lea avait huit ans quand ils étaient arrivés dans la Vallée creuse, et elle en avait désormais seize. Elle nous a expliqué qu'au fil des années, elle avait fait des retouches aux différentes robes qui lui restaient des défuntes et qu'elle n'en avait maintenant plus que deux : une robe chic pour porter le deuil, en taffetas noir, et celle qu'elle portait à ce moment-là, en satin bleu et en dentelle. Elle a ajouté qu'elle portait surtout une peau de daim, mais qu'elle avait mis sa robe de fête parce qu'elle craignait que nous ne voyions pas qu'elle était blanche si elle nous accueillait avec sa peau tannée et sa chevelure noir de jais. Nous avons tous ri et expliqué qu'en voyant ses yeux bleus, nous aurions su à quoi nous en tenir ; mais il nous a également fallu admettre que, dans cette partie du monde, beaucoup tirent d'abord et ne regardent qu'après.

Le matin du deuxième jour, Mme Mac a commencé à rassembler ses affaires et nous avons tous compris que son intention était que nous partions. Elle a pris Stormy et a placé la petite dans l'écharpe de portage qu'elle avait créée pour la transporter. Nous nous sommes tous hâtés de nous préparer, mais les regards abattus de John et de Norma nous ont pris de court. Alors, nous les avons invités à se joindre à nous, et, en quelques minutes, ils étaient prêts ; chacun avait un sac et sa peau de daim.

Nous avons emporté leurs harnais, qui étaient encore en état de marche, et avons attelé le vieux chariot, qui était à moitié enfoui dans les mauvaises herbes après des années de négligence. Heureusement, John avait gardé espoir que les hommes reviendraient un jour les chercher, et, chaque année, il avait entretenu et huilé le harnais, qui était à peu près fonctionnel.

Alors que nous quittions la vallée, en rebroussant chemin et en revenant presque à l'endroit d'où nous étions partis, Mme Mac s'est tournée vers le nord et vers l'ouest pour remonter une rivière peu profonde, dont nul n'imaginait qu'elle pourrait mener quelque part. Après deux heures de marche, nous sommes arrivés à une bifurcation au niveau de la rivière et nous avons pris le chemin de gauche, qui était moins profond, mais caillouteux au point que nous ne pouvions imaginer que nos chariots pourraient y survivre. Nous avons continuellement progressé vers le haut, jusqu'à avoir l'impression de nous déplacer au sein des nuages de la montagne. Ce jour-là, le ciel était recouvert de nuages noirs qui laissaient présager de la pluie ou de la neige. La température a commencé à chuter. Nous sommes arrivés au sommet et avons levé le regard vers les montagnes intimidantes qui semblaient infranchissables et nous promettre la mort. Mme Mac s'est directement tournée vers le sud, en suivant la crête. Nous avons marché pendant quelques heures ; la crête devenait plus étroite, et des rochers se détachaient de l'arête pour tomber dans un canyon profond que nous ne pouvions qu'entendre, et non voir. Nous commencions à avoir l'impression d'avoir eu tort de placer notre confiance en Mme Mac, mais il était impossible de faire demi-tour et la neige commençait à tomber. Au début, elle tombait lentement et magnifiquement ;

puis il y a eu des chutes de neige fondue, et le vent a soufflé. Dans les minutes qui ont suivi, nous étions gelés. Nous avons saisi les couvertures et tout ce que nous avions de chaud, et nous nous sommes rapprochés les uns des autres pour nous tenir chaud. Puis nous avons atteint ce qui semblait être le bout de la crête, et Mme Mac est descendue de l'arête et a disparu. Avec une appréhension grandissante, nous sommes arrivés au bord ; trois mètres plus bas, il y avait un large plateau suffisamment grand pour accueillir tous nos chariots, et Mme Mac, qui rassemblait du bois pour faire un feu. Bien que la lumière du jour fût encore bien présente, il semblait que c'était là que nous allions passer la nuit.

Tandis que chaque chariot descendait ce rapide talus de trois mètres, les freins étaient enclenchés et les chevaux travaillaient dur ; bientôt, nous avons formé un cercle avec les chariots, qui semblaient flotter sur la neige et nous couper de toute notion de temps et de tout bruit.

Pendant les trois jours qui ont suivi, le blizzard a soufflé et nous a cloués dans nos chariots. Le feu s'est éteint à cause de la neige, et il nous a fallu manger froid. Nous avons essayé de beaucoup dormir. À l'aube du quatrième jour, le soleil brillait ; mais c'était pour mieux nous montrer que, pour quitter le plateau, il fallait passer par une pente abrupte. C'était la mort assurée. Nous ne savions pas quoi faire, et, cette fois-ci, notre incapacité à parler avec Mme Mac a semblé être le problème qui allait nous condamner à une longue mort dans le froid. Tant bien que mal, Mme Mac a réussi à traire la vache et à nourrir Stormy, puis elle a commencé à psalmodier des chants et à gratter la neige. Chaque fois, elle trouvait du bois pour faire un feu. Nous avions presque fini nos petits biscuits, la viande séchée était gelée, il n'y avait presque plus de farine, et les quelques pommes de terre que nous tenions de John et de Norma Lea n'allaient pas nous permettre de tenir longtemps.

Mme Mac a tendu le bébé à Ulah May et nous a quittés. Elle est remontée le long de l'arête. Peu de temps après, elle est revenue avec deux lapins. Nous l'avions vue faire cela à de nombreuses reprises, mais nul ne l'avait jamais vue avec un lance-pierre, ou n'avait constaté de flèche ou de marque quelconque sur les lapins qu'elle semblait toujours trouver. Nous avons enlevé leur peau, puis elle a fait un feu, pris la grande marmite dans un chariot et mis dedans de la neige, les lapins, des pommes de terre et de la viande séchée. En environ une heure, le repas cuisait à la vapeur, et en humant les saveurs qui agressaient notre nez, nous étions prêts à manger, mais chaque fois que nous pensions le moment venu, Mme Mac rajoutait de la neige, et l'arôme diminuait de manière directement proportionnelle à la disparition de la vapeur d'eau. On aurait dit qu'elle nous torturait délibérément, mais nous n'arrivions pas à lui communiquer notre envie qu'elle s'arrête. Après environ trois heures, elle a pris la louche, et tandis que son visage avait l'air de nous dire : "O.K., bande d'idiots, c'est l'heure", nous nous sommes tous précipités pour prendre nos bols et avons dégusté notre meilleur repas depuis des mois.

Bien sûr, nous nous étions rempli la panse de poulet frit moins d'une semaine auparavant. Mais quand on est gelé et pris dans la neige, le souvenir du poulet frit ne parvient pas à garder sa saveur, et l'instant présent devient beaucoup plus réel.

Une fois tout le monde rassasié, Mme Mac a ajouté de la neige et la marmite a semblé à nouveau être presque pleine. Il nous est alors venu à l'esprit que c'était tout ce que nous allions manger pendant plusieurs jours et qu'il nous fallait conserver ce que nous avions. Parfois, dans la joie du moment, on oublie qu'il faut songer à l'avenir de même qu'au présent.

Le cinquième jour, nous sommes restés sur le plateau. Nous ne savions à quoi nous attendre ; mais, comme d'habitude,

Mme Mac a commencé à ranger ses affaires. Nous nous sommes alors tous précipités pour rassembler les chevaux, les vaches et les membres de notre groupe en vue du départ.

Nous avons commencé à remonter le talus de trois mètres, les chevaux en équilibre instable, et avons rebroussé chemin le long de la crête pendant quelques kilomètres. Et puis, vers le bas et à l'ouest, on a aperçu un chemin impossible à voir, et sur lequel on pouvait encore moins déboucher quand on venait de l'autre direction. Le sentier était glissant à cause de la neige gelée, mais les chariots ont pu franchir l'obstacle et les sabots des chevaux se planter dans le sol sans glisser.

À la fin de la journée, nous étions dans la vallée. Tout en prenant la direction du sud, nous nous sommes tous demandé s'il y avait ne serait-ce qu'une vague possibilité de trouver un moyen de nous sortir de là. La nuit, nous avons campé en écoutant les loups hurler. C'était la pleine lune ; elle projetait des ombres étranges et une lumière brillante sur un paysage qui nous était tellement inconnu que nous avions le sentiment d'avoir quitté la planète Terre et d'avoir atterri dans un endroit où le noir remplaçait le vert, et où seuls la neige et le froid accueillaient l'homme, comme si la mort nous tendait discrètement la main. »

Chapitre 10

« Le lendemain, nous avons continué notre progression vers le sud sur une terre qui n'était pas plus hospitalière que précédemment. Le septième jour, nous sommes arrivés près d'une large rivière gelée. Mme Mac s'est alors tournée vers l'ouest et le sud, en empruntant la rivière. Tandis que les chariots avançaient et que nous entendions la glace craquer, nous avons tous commencé à marmonner la prière que nous nous étions mis à utiliser en cas de besoin : "S'il te plaît, Dieu, donne-nous un lieu, un lieu qui puisse nous accueillir."

Nous avons cheminé toute la journée et la nuit, éclairés par une lune furieuse et en écoutant les hurlements des loups. Nous avions désespérément envie de nous arrêter, mais Mme Mac ne descendait jamais de son cheval, pas même pour nourrir le bébé ou traire la vache qui gémissait.

À l'aube du huitième jour, un large espace est apparu sur la rive gauche de la rivière, et les falaises abruptes ont laissé apparaître une ouverture, ne serait-ce que momentanément. Alors, Mme Mac est allée sur la berge et a mis pied à terre. Nous avons fait de même et, le temps que nous déharnachions les chevaux épuisés, la marmite de soupe congelée était sur le feu qui avait été allumé, Mme Mac avait trait la vache et elle nourrissait une Stormy très affamée.

Nous avons passé la journée sur place à dormir, pendant que les chevaux creusaient dans la neige pour chercher l'herbe sèche qui allait être leur seule nourriture du jour. Quelles créatures extraordinaires ! Le cheval est un cadeau et un compagnon pour l'homme, tandis que nous tenons pour acquis qu'il sera toujours là pour nous aider et qu'il survivra quand nous n'aurons rien à lui apporter.

À la nuit tombée, Mme Mac est remontée à cheval. Nous voulions tous nous y opposer, car nous étions encore épuisés d'avoir cheminé la nuit précédente. Ce départ précipité semblait cruel pour nous comme pour les chevaux. Malgré la froideur de la nuit qui nous déprimait tellement et notre peur de remonter en selle, nous avons quand même repris la route. Toute la nuit, nous avons remonté la rivière, en suivant la femme qui portait le bébé endormi, et en sachant qu'elle devait avoir une raison d'agir ainsi, même si nous ne la connaissions pas. L'aube est arrivée, glaciale, et Mme Mac continuait d'avancer, tandis que la chaleur du soleil s'avérait un merveilleux cadeau pour nos corps et nos pieds gelés.

Nous avons progressé jusqu'en milieu d'après-midi, moment où nous avons remarqué que la glace commençait à fondre sous l'effet du soleil et où les fissures dans la glace, qui étaient presque devenues confortables de par leur régularité, commençaient à craquer de manière assez forte. Nous avons pris un virage dans la rivière, et là, sur la droite, il y avait une grande ouverture entre les montagnes. Alors, Mme Mac est montée sur la berge. Les chariots se sont mis à glisser tandis que nous tentions de négocier la montée sur la rive et que les chevaux tiraient sur leurs colliers, en essayant de garder les pieds stables et de tirer les chariots. Tandis que le dernier chariot s'efforçait de parvenir sur la berge, le bruit de la glace qui craquait juste en dessous nous a tous horrifiés. Il y avait dedans Ulah et Lulah May, et c'était

John Lancaster qui conduisait. La peur que nous avons tous ressentie était gravée sur leurs visages, mais John a saisi le fouet et l'a manipulé avec une telle intensité que les chevaux ont bondi en avant en déployant une énergie que même eux ne pensaient pas avoir. Alors, les roues arrière ont atteint la terre ferme du rivage, et les chevaux se sont jetés en avant avec une étincelle de vie, marque du second souffle chez un cheval de course.

Nous nous sommes tous arrêtés sur l'herbe enneigée, avons mis pied à terre et nous sommes pris dans les bras. Nous avons félicité John pour ce qu'il avait accompli, et Ulah et Lulah l'ont tellement embrassé qu'il s'est mis à rougir. Pendant ce temps, Norma félicitait et embrassait les chevaux, et la stoïque Mme Mac, qui exprimait rarement une émotion à notre égard, nous a regardés avec le sourire et la fierté qu'aurait une poule pour ses petits poussins. »

Chapitre II

« Nous nous sommes reposés là pendant deux jours. Ce n'est que lorsque la glace a commencé à fondre et à se rompre que nous avons fini par comprendre quel cadeau Mme Mac nous avait fait. Si nous n'avions pas cheminé sous la neige et dans le froid, nous aurions coulé dans la rivière et nous nous serions noyés. Nous avons tous remercié et félicité Mme Mac, et, bien qu'elle ne semblât pas comprendre ce que nous disions, nous savions que l'énergie était palpable.

Le troisième matin, nous avons à nouveau pris la route en quête d'une destination inconnue et avons encore demandé qu'apparaisse bientôt une terre qui pourrait nous accueillir.

Une semaine plus tard, nous avons été à court de nourriture. Nous ne pouvions manger la vache, parce qu'il nous fallait du lait pour Stormy, et le taureau s'était noyé avec Mathilda et les autres. Le seul choix qui nous restait était de manger le veau. Nous l'avons abattu, mangé, et nous avons séché l'excédent de viande pour le reste du voyage. Mais il était évident aux yeux de tous que le peu de nourriture qui nous restait ne durerait pas plus de cinq jours. Aussi, les garçons – John, Joshua et moi-même – sont partis voir s'ils pouvaient dénicher une biche, un sanglier ou des lapins.

Nous avons continué notre progression pendant trois semaines ; il y avait davantage de grands arbres et de larges prairies. Nous avions du mal à trouver de la nourriture, et il nous fallait plus souvent nous arrêter pour ce faire. Ces temps d'arrêt étaient bénéfiques pour les chevaux, qui ont commencé à grossir à mesure que l'herbe verdoyait à l'arrivée du printemps. Nous avons tous commencé à ressembler à des épouvantails, car, même si les garçons ramenaient de la viande, il aurait été bon de disposer de farine, de sel et de sucre, dont nos stocks étaient épuisés.

Un matin, à notre réveil, nous avons eu de la compagnie. C'étaient deux Indiens, dont le premier était grand et portait une coiffe à plumes fascinante, et le second était plus petit et portait un casque et un plastron, qui n'était pas sans rappeler les conquistadors. Ils ont commencé à nous parler, dans un anglais sans accent et d'une manière très claire.

"Bienvenue, amis, nous vous attendions. Votre venue nous a été annoncée il y a plusieurs lunes de cela, avant l'arrivée de la neige. Nous vous accueillons. Voici le lieu que vous cherchiez. Nous avons de la nourriture pour vous et de l'eau chaude pour reposer vos corps. Veuillez nous suivre."

Seule Norma Lea nous a regardés en nous disant :

"Vous les avez entendus parler ?"

Bien sûr que nous les avions tous entendus parler. Mais elle a ajouté :

"N'avez-vous pas remarqué que leurs bouches n'ont pas remué ?"

Nous avions tous été si fascinés par ces personnages et par leurs tenues que personne n'avait remarqué ce détail important. »

Chapitre 12

« Tandis que nous suivions les deux hommes, Mme Mac chevauchait à côté d'eux. Ils ne semblaient pas parler ; peut-être parlaient-ils une autre langue. À midi environ, nous sommes arrivés dans un petit campement composé de tipis. Il n'y avait là aucun enfant, mais seulement des personnes d'âge mûr et âgées. Il y avait une atmosphère de longévité et de tristesse que nous ne comprenions pas, mais nous étions contents de voir qu'ils nous accueillaient tous avec joie. Alors que nous descendions des chariots et que nous commencions à déharnacher nos chevaux, ils se sont rassemblés autour de Stormy, enthousiastes de voir la petite se mettre à rire comme si on la chatouillait. Nous ne l'avions jamais entendue faire ce bruit auparavant.

Les femmes de la tribu ont pris Mme Mac dans leurs bras comme si elle était l'une des leurs ; puis un homme, le plus jeune du groupe, s'est avancé vers elle et l'a étreinte avec une intimité que l'on réserve généralement à la famille. Le sourire de Mme Mac indiquait la réciprocité de ce sentiment. Il s'est avancé vers nous et a commencé à nous parler avec un léger accent :

“Bienvenue, amis. Je suis Élan qui court, et voici ma mère. Vous l'appelez Mme Mac. Elle m'a informé que mon père était décédé et m'a raconté une bonne partie de votre voyage.

Nous avons préparé de la nourriture. Une fois que vous aurez mangé, nous vous emmènerons dans des mares où vous pourrez vous baigner afin que l'eau régénère vos corps et prenne soin d'eux. Les hommes conduiront vos chevaux dans les prairies où l'herbe est la meilleure ; ne vous inquiétez pas, ils ne partiront pas. C'est leur maison, tout comme la vôtre."

Avant qu'il ne nous explique que nous étions ici chez nous, nous n'avions même pas remarqué qu'en effet ce lieu nous paraissait différent de tous les autres, et qu'il y avait vraiment ici un sentiment très paisible de familiarité, comme si nous y avions toujours vécu.

La nourriture qu'ils nous avaient préparée était du chevreuil et une viande qui ressemblait à du poulet, mais qui était plus molle et dépourvue d'os. Les légumes et les noix nous étaient inconnus, mais après des semaines de privation, leur goût nous donnait le sentiment que nous étions morts et que nous étions arrivés au paradis. Ils avaient une substance étrange, plate et ronde qui rappelait le pain. Mais, surtout, ils avaient du sel et une substance sucrée dont nous avons appris plus tard qu'elle était faite à base de miel et spécifique à ces Indiens. »

CHAPITRE 13

« Après le dîner, Élan qui court est venu et nous a dit : "Je vous en prie, allons jusqu'aux mares, vous pourrez vous y baigner dans des sources naturelles d'eau chaude qui régénéreront et guériront vos corps ; puis vous dormirez d'un sommeil très paisible."

Nous nous sommes tous levés comme un seul homme et avons suivi Élan qui court le long d'une petite pente, avant d'emprunter un virage au niveau de la rivière qui s'écoulait dans la vallée et abritait une grande partie de la vie de ce lieu. Ulah May a demandé :

"Comment appelez-vous ce lieu ?

— Nous l'appelons simplement "le lieu", a répondu Élan qui court.

Nous avons tous simplement acquiescé et pris conscience que nous étions beaucoup plus exténués que nous ne le pensions. Quand nous sommes arrivés aux eaux fumantes qui s'écoulaient d'une mare entourée de gros rochers, il nous a été dit que, si nous désirions de l'eau plus chaude, il nous suffisait de grimper quelques rochers plus haut pour trouver une mare plus chaude. Parmi nous, nul n'avait jamais vu pareil endroit, et nous ne comprenions pas vraiment ce qu'était de l'eau chaude, dans la mesure où ce que nous avions vécu de mieux jusque-là consistait à traîner un baquet dans une maison, à faire bouillir tour à tour de l'eau dans des seaux, et à la verser dans le baquet en la mélangeant à l'eau froide du puits. Mais, en l'occurrence, on aurait dit que la mare devait être plus chaude que n'importe quel seau d'eau retiré du feu ; de plus, il y avait dedans suffisamment de place pour tous les chariots, les chevaux et nous-mêmes.

Tout le village s'est ensuite rendu à la mare, et, en arrivant, tous ses habitants ont retiré leurs vêtements comme s'il était parfaitement normal de se montrer nu devant des inconnus. Mais la plupart d'entre nous ne se déshabillaient que pour mettre une nouvelle tenue. Même quand on prenait un bain, la plupart gardaient leurs sous-vêtements et commençaient par les laver, avant de s'envelopper dans une serviette. Mais là, tous ces Indiens se déshabillaient avant d'entrer dans l'eau. Cela semblait tellement naturel que la plupart des enfants ont fait de même. Quant à nous autres, nous hésitions ; puis nous avons commencé à chercher un moyen d'éviter cette situation sans être impolis.

Les deux hommes qui nous avaient trouvés sur la route sont apparus, se sont mis devant nous et ont commencé à retirer leurs vêtements. Ce faisant, ils se sont mis à parler très doucement et à psalmodier des chants. À ce moment-là, nous avons en quelque sorte perdu toutes nos inhibitions et nous nous sommes rapidement déshabillés, comme si cela avait toujours été naturel pour nous. Une nouvelle fois, Norma Lea a murmuré : "Ils ne remuent toujours pas les lèvres, mais je les entends parler."

Cette fois-ci, nous avons été plusieurs à remarquer la même chose. Plus tard, avec le recul, nous avons pris conscience que nous aurions dû les interroger sur le sujet, et nous aurions dû également avoir au minimum la correction de ne pas librement nous déshabiller devant de parfaits inconnus, en particulier dans la mesure où la plupart d'entre nous ne s'étaient jamais vus nus. Pourtant, nous n'en avons rien fait. Nous avions en quelque sorte le sentiment d'être des enfants dont la curiosité avait triomphé de leurs sens, et nous avons fixé sans la moindre gêne les personnes nues qui rentraient dans la mare. Il est étrange, avec le recul, de se rendre compte que ce qui aurait dû se passer dans nos têtes de chrétiens craignant Dieu n'avait alors aucune existence. Et, plus tard, il y a une chose en particulier que nous avons tous trouvée stupéfiante : les corps de toutes ces personnes, quel que fût leur âge, n'étaient pas ridés et leur peau ne s'affaissait pas. Peut-être était-ce simplement parce qu'ils étaient indiens ; pourtant, tous les Blancs que nous avions rencontrés avaient ces signes de vieillissement dès l'âge de cinquante ans. Aucune de ces personnes ne semblait avoir vieilli, et, dans la lumière déclinante du soleil couchant, il est devenu extrêmement difficile de faire la différence entre eux.

Tandis que la nuit tombait et que la nouvelle lune commençait à se lever, ne nous donnant que vaguement conscience des personnes se baignant dans cette eau miraculeuse, nous avons commencé à nous asseoir sur les rochers chauds et à nous détendre. Nager dans les trous d'eau durant les étés chauds et lourds de Géorgie nous avait procuré joie et fraîcheur, mais ces mares avec leurs eaux chaudes et le calme que nous ressentions tous ont commencé à apaiser les raideurs et douleurs auxquelles nous étions tellement accoutumés que nous n'avions même pas conscience de leur existence, jusqu'à ce que ces eaux douces et caressantes leur permettent de s'évacuer. »

Chapitre 14

« Ryan Boyle, qui avait épousé Lulah May, était devenu en quelque sorte le chef de notre groupe, et il pensait que c'était à lui d'en apprendre autant que possible de la bouche des chefs de cet autre groupe, en particulier pour savoir si nous étions en sécurité ici, de qui il fallait nous inquiéter et ce qu'ils attendaient de nous. Il a réussi à garder la trace des deux personnes qui étaient venues à notre rencontre, mais s'est rendu compte qu'il n'avait pas la moindre idée de leurs noms. Tandis qu'il traversait la mare pour s'installer dans l'espace laissé vacant à côté d'eux, nous les avons tous entendus dire :

"Je m'appelle Grandes Plumes et mon ami s'appelle L'Ancien (nous ne leur avions pas demandé leur identité). Vous devez savoir que nous vous attendions. Jonathan MacDonald et Mme Mac sont venus vous trouver. Nous avons entendu votre appel pour trouver un lieu il y a de nombreuses lunes de cela. Mac était la dernière personne à nous avoir cherchés, il y a de nombreuses saisons de cela, et Élan qui court est son fils. Il est le dernier enfant à être né parmi nous. Ce lieu est le lieu le plus sécurisé qui soit sur Terre. On ne peut le trouver par accident, on n'y vient que parce qu'on en a besoin et parce qu'on le demande, à travers ce que vous appelleriez vos prières. Nous n'avons aucune attente vis-à-vis de vous, nous vous demandons simplement de perpétuer les traditions de ce lieu et de vous les approprier."

Ryan a parlé fort afin que tous puissent entendre :

"Quelles sont vos traditions et que devons-nous vous donner en échange de cette terre ?"

Une nouvelle fois, Grandes Plumes s'est exprimé avec douceur :

"Vous n'avez rien à payer, car nous ne sommes pas les propriétaires de cette terre. Nous lui appartenons. Nous n'en sommes que les gardiens ; c'est elle qui nous nourrit et prend soin de nous, et non l'inverse. Elle s'est donnée à nous, et, maintenant, elle vous invite à vous laisser nourrir par elle.

— Laissez-nous vous expliquer, a ajouté L'Ancien. À une époque lointaine dont je n'ai pas souvenir, mon peuple a été attaqué par ceux qui portaient l'armure que je possède aujourd'hui. Il s'agissait de personnes cruelles et vicieuses qui cherchaient le métal doré que mon peuple avait trouvé et utilisé en guise d'ornements. Mon peuple a été poursuivi par ces personnes, et, lors de notre fuite, nous avons demandé à trouver un lieu sécurisé qu'elles ne pourraient trouver. Après une dernière bataille au cours de laquelle l'armure a été donnée à mon grand-père, mes ancêtres ont fui et trouvé ce lieu. Nos familles y ont vécu pendant de longues années, mais, peu à peu, à mesure que beaucoup sont devenus très âgés, sans qu'aucun n'ait l'air vieux, nous avons découvert que nous ne pouvions avoir d'enfants. Mon peuple vivait des centaines de vos années, et je suis moi-même le dernier de ma tribu. Grandes Plumes est mon fils, il est âgé de plusieurs de vos siècles. Ce n'est que lorsque de nouvelles personnes arrivent que notre population peut s'accroître. Seules les personnes qui demandent à trouver ce lieu peuvent y venir et, en tant que nouveaux arrivants, elles peuvent avoir des enfants. Cela fait plus de cent ans que la dernière personne est venue ici. C'était Mac. Nous n'avons pas eu d'enfant depuis tout ce temps. Notre peuple est triste et a demandé à être remplacé par de nouveaux arrivants. Grâce à votre arrivée, beaucoup pourront rejoindre le Grand Esprit, ayant tenu leur promesse à l'égard de cette terre. Ce sont eux qui choisiront de partir. Plusieurs ont déjà fait ce choix, mais beaucoup sont curieux de voir les nouveaux enfants que vous allez créer. Si vous choisissez d'honorer cette terre, alors vous accepterez de rester et vous vivrez plusieurs centaines d'années ; vous n'aurez des enfants qu'avec les nouveaux arrivants. Ce sera à la fois difficile et joyeux. Vous aurez toujours le droit de partir et beaucoup le feront. Beaucoup partiront pendant des périodes qui n'excéderont pas quarante ans et reviendront jusqu'à la fin de leurs jours. Vous aurez toujours le choix, mais peu d'endroits sur Terre vous nourriront et prendront soin de vous comme celui-ci."

Nous étions tous sidérés, ne voulant pas y croire et souhaitant que le vieil homme mente. Mais, en même temps, la légèreté de son expression a réduit à néant tout notre scepticisme, et la simplicité et la véracité de ce qui était dit semblait dépasser la réalité.

La conversation s'est arrêtée là pour la soirée, et nous sommes tous allés nous coucher, nous traînant hors de la mare, presque dans l'impossibilité de nous déplacer tellement nous étions détendus, et nous avancions au ralenti jusqu'à nos lits, sacs de couchage, lits de fortune, ou même dans les tentes avec les Indiens, à dormir sur de douces fourrures d'animaux qui nous étaient inconnus. Ce soir-là, aucun d'entre nous n'a réfléchi, et, au petit matin, nos doutes avaient disparu ; notre curiosité était totale, nous avions soif d'autres possibilités. Il est remarquable de voir que quand on entend la vérité, cela crée un sentiment de légèreté et de justesse, alors que quand on entend un mensonge, cela paraît toujours lourd. La nuit avait été de bon conseil et notre confiance en ces personnes était palpable. Nous nous étions engagés envers cette terre sans même en discuter, et, curieusement, nous le savions tous. À compter de ce jour-là, il n'y a jamais eu de discussions nécessitant un vote. Nous avions tous connaissance de ce que chacun d'entre nous pensait à propos de toute chose. »

Chapitre 15

Oncle Jed m'a raconté cette histoire sur une période de trois jours. À la fin de chaque journée, il m'a frotté les pieds et je me suis endormi. Mais le dernier jour m'a poussé à bout : mon scepticisme était à fleur de peau. Je savais qu'il croyait à ces conneries, mais je n'allais clairement pas me laisser avoir. Mais comment diable une personne ayant une once de bon sens pourrait-elle croire à de telles histoires ? À nouveau, la porte grince et la belle Ruth entre avec le petit déjeuner. Il sent bon, elle est belle et je veux encore croire que le monde est aussi normal qu'avant l'accident.

« Bonjour, Ruth, qu'y a-t-il pour le petit déjeuner ?

— Bonjour, Jacob. Toi aussi, je te trouve beau. Aujourd'hui, tu as des œufs et du steak de chevreuil. Cela te convient-il ? Dis-moi, aujourd'hui, le reste de notre communauté voudrait se présenter à toi. Es-tu d'accord ?

— Je ne savais pas qu'il y avait d'autres personnes ici. Comment se fait-il que je n'arrive pas à les ressentir, alors que je vous ressens, toi, Oncle Jed et les garçons ?

— Jacob, ils ne souhaitaient pas semer la confusion pendant ta guérison et ils voulaient que tu sois à l'aise. C'est pourquoi ils ne t'ont pas révélé leur présence : simplement pour être sûrs que tu commences à bien comprendre ce que signifie ta présence en ce lieu avant que tu ne doives rajouter une pièce supplémentaire au puzzle.

— Peuvent-ils entrer se présenter maintenant ? »

La porte grince et laisse entrer une magnifique femme âgée de trente-cinq ou quarante ans.

« Bonjour, je suis Stormy Lancaster et voici mon mari John.

— Bonjour, Jacob. Je m'appelle Élan qui court », me dit-il en me tendant la main pour me saluer.

Tandis que nos deux mains sont en contact, je perçois un étrange glissement, comme si le lit s'était déplacé et avait repris sa place normale. Je ressens Élan qui court comme j'ai ressenti les garçons, puis Oncle Jed et Ruth, et mon univers s'élargit indescriptiblement.

« Et vous devez être Norma Lea », dis-je en prenant une voix sarcastique au possible.

Elle rit et je sais qu'elle se moque de moi ; mais pour une raison que j'ignore, cela me plaît et je commence à rire avec elle. En riant, le besoin de me montrer sceptique disparaît, et je prends conscience que je reconnais vaguement toutes ces personnes – impression que je ne peux qu'attribuer à un sentiment d'appartenance. Pourtant, en arrière-pensée, je suis hanté par le fait que rien de tout cela ne me semble réel ou normal ; le dictateur qu'est le passé me crie que c'est impossible et que je ne devrais pas me montrer crédule.

« Jacob, lance Norma Lea, tout ce que vous avez entendu de la bouche de Jed est vrai. Je sais à quel point il est difficile de croire que certaines personnes puissent vivre pendant des centaines d'années sans beaucoup vieillir. Cela n'existe pas dans ce que vous appelez le "monde réel" ; pourtant, vous pourriez songer que même la Bible fait référence à des personnes ayant vécu plusieurs siècles. Nous sommes l'expression vivante de cette possibilité. »

Je ne sais quoi dire, et imaginer que cela puisse être réel me donne le tournis. Je cherche des incohérences : cette quasi-absence apparente de vieillissement suffit à elle seule à me donner l'impression qu'au mieux tout cela est louche. J'ai envie de croire qu'il s'agit d'une grosse arnaque, mais je ne suis pas bien riche, et ce qui se passe et s'est passé avec Ruth me donne le sentiment que tout cela dépasse la réalité. Comment réconcilier la réalité que j'ai connue jusque-là et cette autre réalité qui m'est présentée maintenant ?

Norma Lea s'avance vers le lit, se penche et embrasse mon front. Encore une fois, j'ai le sentiment étrange que mon lit se déplace, que le monde glisse, et je sais que je peux la ressentir. Ce sentiment s'accompagne d'une perception de tous les habitants de ce village, ainsi que du ressenti des arbres, des plantes et des animaux. Tandis que je ferme les yeux, je ressens le monde extérieur sur des kilomètres à la ronde, avec la rivière, les sources d'eau chaude, les cabanes et les milliers d'autres choses douées d'un sentiment d'être et d'une conscience d'elles-mêmes, dont je pensais qu'ils étaient l'apanage de l'humanité.

Élan qui court s'avance vers moi et s'assied sur le lit. En voilà, un comportement amical ! Je n'ai invité personne à s'asseoir, mais tous se sont installés sur les chaises de la chambre.

« Jacob, nous ne souhaitons pas que vous vous forciez à accepter notre réalité. Le scepticisme et la confusion proviennent d'un manque d'informations. Norma Lea n'a fait que vous ouvrir à un niveau de conscience qui n'est que le début de votre apprentissage. Nous sommes ici pour vous donner les informations que vous solliciterez, mais nous ne pouvons vous renseigner à moins que vous ne nous le demandiez. Car les informations données sans y être invité pourrissent et se putréfient dans le mental si elles ne sont pas acceptées à la lumière de ce que l'on sait déjà ou des vérités que l'on est capable de reconnaître. »

Ce léger accent qui correspond aux histoires que m'a racontées Oncle Jed est tellement réel qu'il me trouble autant qu'il m'intrigue.

« D'accord, alors vous êtes combien ici ? Et combien parmi vous sont nés avant 1860 ? »

Chapitre 16

« Nous sommes vingt-huit à être nés avant 1860, sans compter les cinquante autres personnes qui font partie de notre groupe ou qui sont nées depuis. Parmi ces cinquante personnes, certaines ont trouvé ce lieu en le demandant. Notre groupe n'est pas au complet actuellement, car certains vont dans le monde extérieur pour trouver les personnes qui nous cherchent, même si, souvent, ces dernières ignorent ce qu'elles cherchent.

À vous de me dire combien nous sommes actuellement dans ce campement. Vous pouvez vous servir de vos perceptions pour compter, ou vous pouvez tout simplement laisser votre certitude intérieure vous donner mentalement la réponse. »

Je suis emporté dans cet espace intérieur que j'ai déjà ressenti auprès des canetons et du ruisseau, et soudain, comme par magie, je sais qu'il y a soixante-sept personnes qui sont présentes.

« Oui, Jacob, c'est juste, nous sommes bien soixante-sept personnes dans notre village », répond John.

C'est la première fois que je l'entends parler. Son accent ressemble beaucoup à celui de Ruth. J'ai l'impression qu'il y a quelque chose que je devrais savoir, mais je n'arrive pas à mettre le doigt dessus.

« O.K., j'ai une question. Comment se fait-il, si vous êtes tous censés avoir le même âge, qu'Oncle Jed, qu'il ait l'air beaucoup plus âgé que vous autres ? »

C'est John qui me répond :

« Eh bien, comme nous l'avons découvert, il y a certaines personnes, dont vous faites partie, qui cherchent autre chose dans la vie. Elles demandent toujours à savoir où est leur place. Jed a décidé, environ en 1916, qu'il voulait explorer le monde et il a quitté notre village pour partir à l'aventure. Après avoir vécu au même endroit pendant cinquante ans, il est nécessaire de partir occasionnellement. Par le passé, il était déjà parti pendant de courtes périodes, mais il était toujours revenu avec le sentiment que le monde était dominé par la folie et qu'avec le temps les choses s'amélioreraient. L'une des difficultés majeures quand on vit avec la conscience que l'on a ici est qu'au bout d'un certain temps on ressent ce qui se passe dans le monde entier, et les régions qui sont touchées par la guerre et la famine éveillent en nous autant de douleur que si nous y habitions. Malgré tout, Jed est parti en 1918, sachant que ce que vous appelez la Première Guerre mondiale serait bientôt terminé et souhaitant guérir le monde comme il le pouvait. Il a alors entrepris de trouver les personnes qui auraient besoin de lui du fait de l'échec de la médecine moderne. Il a décroché un emploi d'aide-soignant dans un hôpital réservé aux personnes en dépression nerveuse suite à la guerre. Comme toutes les personnes qui étaient confiées à ses soins commençaient à guérir miraculeusement et à redevenir elles-mêmes, des rumeurs ont commencé à circuler. On disait de lui qu'il était guérisseur.

Un jour, une femme est venue à l'hôpital. À l'époque, Jed faisait vingt-cinq ans et cette dame avait trente ans. Au premier regard, il a su qu'elle serait la mère de ses enfants et qu'elle deviendrait pour lui aussi importante que sa respiration. Le frère de cette dame était hospitalisé dans une autre chambre, et il était tellement profondément touché qu'on n'était pas sûr qu'il aille mieux un jour. Le personnel essayait d'inciter la dame à le placer dans un asile d'aliénés afin de ne plus du tout avoir à s'occuper de son cas. Elle s'appelait Lenora et venait d'une famille qui appartenait depuis de nombreuses années à un mouvement religieux dénommé les *tent revivalists*. Les aide-soignants aimaient bien Lenora, car elle était gentille et attentionnée à une époque où la plupart des gens étaient en colère. Ils lui ont parlé de l'homme étrange qui, contrairement aux médecins, améliorait l'état des patients, et elle s'est mise à sa recherche.

Jed avait déjà eu des problèmes avec quelques médecins, mais les infirmières avaient reçu tellement d'aide de sa part et assisté à tellement de guérisons qu'elles faisaient tout leur possible pour le protéger.

Quand Lenora l'a trouvé, elle a regardé son visage et pris conscience qu'il était un vrai guérisseur et que Dieu lui avait bien envoyé un ange pour l'aider. Puis ils sont allés se promener dans les jardins, et, au bout de trois heures de conversation, elle a convaincu Jed de l'aider. Mais, lorsque celui-ci est arrivé dans la chambre de Leonard en compagnie de Lenora, les médecins l'ont mis dehors. Apparemment, sa réputation l'avait précédé.

Lenora a invité Jed à s'installer chez eux, et elle était d'accord pour le payer pour les soins qu'il allait procurer à son frère. Mais en réalité, pour Jed, l'argent et le reste n'étaient rien, car il était prêt à payer pour rester auprès d'elle.

Lenora s'est organisée pour que Leonard revienne chez elle, et Jed s'est installé chez eux. Il a fallu deux jours pour que Leonard retrouve son calme, et quatre mois supplémentaires pour qu'il puisse revivre normalement. Au cours de cette période, l'ange est en quelque sorte devenu démon, car Lenora s'est retrouvée tout à lui, corps et âme. Six mois plus tard, ils étaient mariés et Leonard chantait, dansait et riait avec eux et pour eux.

Huit mois plus tard, le 1er avril 1920, leur premier enfant est né : Rebecca.

Dans les six années qui ont suivi, trois autres enfants sont venus au monde, et, à chaque fois, Jed avait de plus en plus envie de retourner au “lieu”. Au fil des ans, il avait parlé de notre village, sans jamais mentionner son âge véritable. Il l’aimait tellement qu’il n’avait de cesse de la croire quand elle disait éprouver le besoin de rester auprès de sa famille, dans la maison familiale que son arrière-grand-père avait bâtie. Il a pris conscience qu’il n’arriverait jamais à lui faire comprendre que ses facultés avaient pour seule origine l’amour et les dons de Dieu.

En 1926, Leonard a épousé une charmante jeune femme dénommée Barbara, et, dans l’année qui a suivi, leur fille Ruth est née.

Au cours du krach boursier, la fortune familiale a disparu, et il ne leur est resté que la maison. Les deux couples et leurs enfants respectifs y ont emménagé ensemble et ont commencé à accueillir des pensionnaires pour générer des revenus. La demeure familiale était installée sur huit hectares de terrain, et les adultes ont commencé à y planter des cultures. Tout semblait bien aller jusqu’au jour où les lapins ont découvert les tendres pousses de succulentes courges et laitues, ainsi que l’extrémité des carottes, qui cessent de pousser quand on coupe leurs feuilles. La viande était difficile à trouver et il n’y avait pas assez d’argent pour payer l’épicier. Alors, Jed a convaincu le boucher d’échanger de la farine contre des lapins. Heureusement, il avait appris le truc de Mme Mac, qui savait persuader les lapins de se sacrifier pour aider la famille.

Et c’est ainsi que les deux familles ont vu leur niveau de confort augmenter. »

CHAPITRE 17

Je suis réveillé par le crépitement des flammes. Il doit faire froid à l'extérieur pour qu'on fasse un feu. Je me demande quand il a été allumé. Je vois à travers les rideaux tirés et ressens le froid qui est apparent dans l'obscurité du ciel. Ce serait une belle journée pour lire et me pelotonner au lit.

Je pense à mon fils ; la porte grince, et Roy entre dans la chambre, chargé de bûches.

« Bonjour, Roy, comment ça va ? Fait-il vraiment froid à l'extérieur ? »

Bien sûr, quand il a ouvert la porte, j'ai ressenti la fraîcheur du vent.

« Monsieur Rayne, vous êtes drôle. Vous connaissez déjà la réponse et vous percevez le changement du climat. Alors, pourquoi posez-vous ce genre de questions idiotes ? »

Je prends conscience qu'il a raison ; dans mon autre monde, on dit des inepties comme si c'était nécessaire pour communiquer. Soudain, je me rends compte que je vais devoir choisir une autre attitude avec des personnes qui savent déjà ce que je sais. Il n'est pas nécessaire de faire semblant qu'il est impossible d'être entièrement conscient de tout ce qui est autour de nous.

« Vous savez, monsieur Rayne…, bon, je vais t'appeler Jake, si tu veux bien. Nous savons déjà. Et nous ne voulons pas t'effrayer. Aussi, nous honorerons ce que tu estimes avoir besoin de dire... Et Rob et moi, nous aimons bien embêter un peu les gens. Aussi, nous te ferons savoir ce que tu dois savoir au sujet de ce que tu sais que nous savons déjà, si tu vois ce que je veux dire... »

Dans son sourire, tout est dit. La douceur et la gentillesse avec lesquelles je viens d'être remis en place m'amusent énormément, et je ris, de cette douce joie intense que je ne pensais éprouver qu'avec mon fils. Tandis que les rires disparaissent, je me demande si ce sont les garçons qui ont allumé le feu et qui sont entrés de cette étrange manière qui ne dépend pas de la coopération des portes ou des murs.

« Jake, tu as tort de penser que les portes et les murs ne coopèrent pas. Ce sont des molécules qui, tout comme nous, vibrent pour créer le monde visible ; de ce fait, nous devons vibrer à la même vitesse qu'eux pour qu'ils ne nous empêchent pas de nous déplacer en tant qu'espace. Quand nous collaborons avec leur vibration, ils nous laissent les traverser, comme vous dites.

— Merci, Roy, j'ai toujours l'impression d'avoir des années de retard sur vous tous dans ce que vous savez et dans votre fonctionnement au sein d'un monde en lequel je veux croire, mais c'est juste que c'est tellement dur de penser que tout est à l'opposé des apparences !

— Jake, c'est ce que tu crois qui te limite dans ce que tu peux percevoir et savoir. Tes croyances sont le fruit des choix que tu as faits afin de comprendre le monde conformément à la perspective de tous et à ce qu'on t'en a dit. Ici, nous fonctionnons sans croyance, et en étant au contraire dans la conscience totale, de sorte que nous n'avons pas besoin de croire que nous pouvons douter pour croire que ce qui n'est pas vraiment vrai doit être vrai.

— Roy, on croirait entendre le professeur de philosophie que j'avais à l'université, excepté qu'il essayait toujours de me convaincre que je devais croire en ce que je ne pouvais voir. Il est très étrange de parler avec un enfant de douze ans qui en sait plus que nos sages.

— Qui a dit que j'ai douze ans ?»

Chapitre 18

Sur ce, il disparaît. J'imagine qu'il a raison ; j'ai supposé qu'il devait avoir douze ans uniquement en me fiant aux apparences de son corps, mais si Stormy semble avoir vingt-cinq ou trente ans alors qu'elle est née dans les années 1860, alors les garçons doivent être beaucoup plus âgés qu'il n'y paraît, et ce doit être pareil pour tout le monde.

La porte grince et « elle » entre en portant à nouveau un plateau couvert de bacon et d'œufs. Je perçois un toast à l'odeur et au toucher très agréables.

« Bonjour, Jacob. Comment te sens-tu aujourd'hui ? »

Soudain, je prends conscience qu'elle sait comment je me sens et que ce genre de question n'a jamais besoin d'être posé ici. Je m'interroge au sujet de cette belle femme que je connais et dont je fais partie depuis si longtemps. Que devrais-je lui dire ? Que dois-je lui dire et par où commencer ?

« Jacob, je sais déjà ce que tu penses et j'ai toute la conscience de toi dont je n'aurai jamais besoin tant que nous sommes ensemble. Peut-être faudrait-il que tu me poses certaines questions qui te donneront la clarté que tu désires et la paix qui accompagne la certitude de ce que tu ne fais que soupçonner. »

Soudain, je me rappelle l'histoire de Jed et de son grand amour, Lenora, et je me souviens que Leonard et Barbara ont eu une fille dénommée Ruth en 1928. Non, ce n'est pas possible ; si c'était vrai, alors même qu'elle semble avoir le même âge que moi, elle aurait en réalité presque trois fois mon âge.

« Oui, Jacob, Barbara et Leonard étaient mes parents, et bien que je sois sur Terre depuis plus longtemps que toi, cela ne signifie pas nécessairement que nous sommes plus âgés.

— D'accord, Ruth. Maintenant, tu vas devoir me raconter la suite de l'histoire qu'ont commencée John et Élan qui court l'autre jour. »

Chapitre 19

Elle pose le plateau sur le lit, et, alors que je commence à manger, j'ai le sentiment que le temps et l'espace basculent, et qu'après cette conversation et ce repas tout ce en quoi j'ai cru jusque-là aura disparu.

« Jacob, quand j'avais huit ans, mes parents ont été tués dans un accident de voiture. J'habitais déjà avec Oncle Jed, Tante Lenora et Rebecca. Pour moi, nous étions plus sœurs que cousines, car tous les enfants faisaient tout ensemble.

Tante Lenora détestait la dépression de son frère et a eu beaucoup de mal à faire de la maison familiale une pension. Au point qu'Oncle Jed a décidé d'agir. L'une des facultés qu'il s'était découvertes dans sa jeunesse est l'aptitude à trouver des objets métalliques enfouis dans le sol. La maison familiale se trouve sur la côte est et avait été construite sur le site d'un célèbre champ de bataille de la guerre de Sécession. Oncle Jed a commencé à trouver de vieux objets en métal pour Tante Lenora, qui connaissait certaines familles de collectionneurs depuis l'époque où sa famille avait eu de l'argent, et qui les leur revendait. L'une des explorations d'Oncle Jed l'a conduit dans les bois qui bordaient la grande route, où il a découvert un solide coffret enfoui. Il contenait quatre mille dollars en pièces d'or. Une vraie fortune à cette époque. Et, même s'ils n'ont jamais réussi à savoir si elle appartenait à une personne en particulier ou à un truand ayant été tué, la famille s'est à nouveau retrouvée avec de l'argent. Grâce à cette somme, Tante Lenora allait dans le quartier et dans les villes avoisinantes, où elle achetait des antiquités que les gens avaient laissées dans des greniers et des granges. Elle savait ce genre de choses, parce qu'elle avait voyagé à plusieurs reprises après la Première Guerre mondiale.

Comme sa famille avait fait partie de la riche société, elle connaissait également les bijoux et a commencé à trouver des personnes désireuses de vendre. De plus, elle se rendait à New York pour renouer le contact avec de vieilles amies qui avaient toujours de l'argent, et elle leur vendait ce qu'elle avait trouvé. Mon père et ma mère s'y sont mis eux aussi, et, bientôt, ils ont eu leur propre clientèle. Les anciens compagnons d'armes de Papa avaient de l'argent et étaient employés ; c'est ainsi que mes parents ont pu acheter une voiture, qui leur permettait de trouver des antiquités et des bijoux plus facilement, et de les déplacer. C'est comme ça qu'ils ont été tués. Ils revenaient d'un déplacement professionnel à Chicago quand la police a commencé à poursuivre des contrebandiers. L'un des policiers a tué Papa par erreur, la voiture a fait une embardée, et Maman a été tuée.

Après cela, ma vie a changé. Tante Lenora a décliné et a commencé à éviter de sortir de la maison. Oncle Jed était devenu plutôt doué pour trouver des choses et les acheter à prix raisonnable, et, là où Tante Lenora passait pour une acheteuse expérimentée et une vendeuse obtenant toujours les meilleurs prix, Oncle Jed s'est fait connaître parce qu'il était presque trop juste envers les vendeurs comme envers les acheteurs. Il était étrange pour Tante Lenora qu'ils continuassent de s'enrichir, alors qu'il achetait plus cher et revendait moins cher.

En 1941, les Japonais ont attaqué Pearl Harbor. Les fils d'Oncle Jed ont rejoint l'armée dès que possible. L'aîné avait dix-neuf ans le jour de l'attaque, et deux jours plus tard, il s'est engagé. Il s'appelait Harry. Son petit frère, Henry, a dû attendre son dix-huitième anniversaire, en mai 1942. Ils sont partis en guerre en dépit des conseils d'Oncle Jed, qui ressentait bien mieux que les autres l'absurdité de ce genre de conflit.

En 1943, sur une île du Pacifique Sud, Harry a été tué. Son corps a été rapatrié et enterré dans le terrain familial. Abattue, Tante Lenora a commencé à prier tous les jours pour que Dieu épargne la vie d'Henry.

Jimmy, le petit ami de Rebecca, a décidé qu'il était temps pour lui aussi de s'engager ; alors, elle a insisté pour qu'ils se marient immédiatement. Ce fut un beau mariage dans le jardin printanier de la demeure familiale. Cinq jours plus tard, il est parti à la guerre. Neuf mois plus tard est né leur premier enfant, Damon. Tante Lenora est finalement sortie de sa dépression, l'enfant étant porteur d'espoir et d'avenir.

Henry a été tué le jour du Débarquement, et Tante Lenora est restée alitée pendant les quarante années suivantes. Elle n'a jamais retrouvé une vie complètement normale, et il semblait toujours qu'elle se laissait dépérir, elle qui traversait la maison comme un fantôme.

Le mari de Rebecca a bénéficié d'une permission pour rentrer et assister aux funérailles. Lui et Rebecca ont décidé que leur enfant vivrait dans de meilleures conditions s'ils emménageaient dans leur propre maison après son retour. Christine, la plus jeune du clan, pensait que la maison familiale était maudite. Elle a décidé d'aller vivre à New York et que personne ne la convaincrait de revenir vivre dans ce lieu maudit. Oncle Jed l'a implorée de rester, tandis que Tante Lenora souriait comme si de rien n'était, inconsciente de ce qui se passait. Christine a refusé d'écouter et est partie de la maison en claquant la porte et en hurlant qu'Oncle Jed était un imbécile et qu'elle n'avait pas de chance d'avoir une mère pareille, qui était l'incarnation de la mort. Elle n'est jamais revenue.»

Chapitre 20

Pendant que Ruth me racontait cette histoire, j'ai observé et ressenti une sensation de souffrance à côté de laquelle ma vie, mes amours et mon divorce étaient vides de sens. J'avais également compris pourquoi Oncle Jed paraissait plus âgé que les autres et d'où provenait sa sagesse. Je ne pouvais qu'imaginer ce que cela doit faire de perdre ses enfants alors qu'ils sont encore jeunes et de savoir qu'il n'y a rien à y faire.

« Et qu'est-il arrivé à Rebecca ? Oncle Jed a dit qu'elle avait renoncé avant la naissance des jumeaux. Comment cela s'est-il passé ?

— Jacob, c'est lors de cette permission dont a bénéficié son mari que Rebecca est tombée enceinte des jumeaux. »

Et me voilà repris de vertige, car, si tel est le cas, cela signifie que les jumeaux sont nés au moment de la guerre et qu'ils n'ont pas du tout douze ans.

« Tu as raison, Jacob. Les jumeaux sont le fruit de l'amour de Rebecca, qui était tellement attachée à son mari que quand il a été tué dans un accident d'avion au Groenland, alors qu'il se rendait en Europe, elle a décidé d'accueillir l'ombre de la mort dans la maison familiale.

Durant la grossesse de sa fille, Oncle Jed a décidé qu'il était important de nous emmener, Rebecca et moi, voir sa famille à l'ouest. Nous n'avions jamais entendu parler de ses proches parents, et nous étions à la fois intriguées et perplexes, car on ne nous avait jamais parlé de cet épisode de l'histoire familiale. En quelque sorte, nous supposions qu'Oncle Jed était orphelin ou autre chose de ce genre, puisqu'il n'avait jamais parlé de sa famille.

Il nous a chargées dans la voiture et a pris la direction de la côte ouest. Tante Lenora n'était pas très contente de nous voir partir, mais il y avait une merveilleuse dame noire qui était venue vivre avec nous après la mort d'Henry. Elle était la mère d'un de ses camarades, mort au même moment. N'ayant plus de famille, elle était venue s'occuper de nous. Elle s'appelait Katie, et, au fond, elle comprenait Tante Lenora mieux que quiconque, y compris Oncle Jed.

C'est ainsi qu'un beau jour, en fin d'après-midi, nous sommes arrivés sur la route qui conduisait au "lieu", et nous avons arrêté la voiture juste après avoir dépassé un bosquet d'arbres. En quelque sorte, la route s'arrêtait là. Là, dans les ombres de cette fin d'après-midi, se tenaient une trentaine de personnes. Nous ne comprenions pas comment elles avaient su que nous étions là, et, comme vous, nous avons eu beaucoup de choses à apprendre pour saisir la différence entre ce groupe et le reste du monde.

La paix de ce lieu était un baume pour mon âme, et, pour la première fois depuis la mort de mes parents, j'ai eu le sentiment que la vie pouvait être belle et joyeuse. Quant à Rebecca, plus les jours passaient, plus elle était tourmentée. Tous ont essayé de lui montrer que le décès de son mari ne marquait pas la fin de sa vie à elle, mais le début de celle de ses garçons. Car ils savaient qu'elle attendait des jumeaux. La manière dont ils l'avaient su n'a jamais été remise en cause, mais jamais expliquée non plus. Oncle Jed a passé de nombreuses et longues journées à lui montrer ce lieu, à marcher dans les bois et à l'emmener dans les mares, tout cela pour tenter de réveiller sa sensibilité à la beauté de la vie. Je les accompagnais la plupart du temps, et, personnellement, je voyais et je ressentais la magnificence de ce lieu. C'est ainsi que j'ai commencé à guérir.

À l'époque, Rebecca et moi avons vécu dans cette cabane et partagé ce lit. Nous parlions tous les soirs, et j'ai pris conscience, environ au huitième mois, que sa volonté de vivre la quittait. Elle disait vouloir retrouver Harry, Henry et "son Jimmy". J'en ai parlé à Oncle Jed, qui m'a pris dans les bras et m'a expliqué que nous allions devoir honorer son choix. Il avait fait tout ce qu'il avait pu pour tenter de la convaincre et de la guérir, mais comme pour Tante Lenora, au bout du compte, il ne pouvait pas changer ce qu'elle-même ne voulait pas changer.

À la naissance des jumeaux, après seulement deux heures de travail, elle m'a tendu les bébés et m'a demandé de les prendre et de les élever comme s'ils étaient mes propres enfants. En larmes et la suppliant, je suis restée à ses côtés tandis qu'elle rendait l'âme.

Les garçons, Rob et Roy, sont à ma charge depuis ce jour-là, le 29 avril 1947, mais c'est le groupe tout entier qui a eu le plaisir de participer à leur éducation, et, avec les différentes énergies et prises de conscience qui ont été partagées avec eux, ils ont acquis certaines facultés spéciales que tu as pu constater de tes propres yeux.

Bon, j'imagine que cela fait probablement beaucoup à intégrer pour l'instant. Je te laisse. On se revoit demain matin. »

Elle quitte la chambre avec une grâce et une fluidité intenses. J'en ai le souffle coupé ; elle me manque déjà. Une nouvelle fois, j'ai le sentiment d'être embrassé et caressé tandis que la porte se ferme doucement et silencieusement.

Chapitre 21

Oncle Jed pénètre dans ma chambre. C'est drôle que, désormais, j'aie l'impression que c'est « ma chambre », simplement parce que je l'occupe depuis si longtemps.

« Eh bien, Jacob, tu en as beaucoup appris sur nous au cours des dernières semaines. Qu'as-tu encore besoin de savoir pour renoncer aux derniers vestiges de ton scepticisme ? »

Tandis qu'Oncle Jed touche mes pieds et que je commence à avoir l'étrange sentiment que mes molécules s'entrechoquent, je prends conscience que je ne comprends toujours pas pourquoi Jed est la seule personne âgée ici.

« Jacob, l'une des choses que nous avons apprises au fil du temps au sujet de ce lieu est que tant que l'on reste ici, on ne vieillit pas beaucoup, et qu'à partir du moment où on s'en va, tant que cela ne dure pas plus de quarante ans, on ne vieillit toujours pas. Quand j'ai rencontré Lenora, j'ai promis de passer le reste de sa vie à ses côtés. À la mort de nos garçons, elle a perdu le contact avec la réalité, et malgré tous mes efforts pour tenter de la faire venir ici, elle a voulu coûte que coûte rester dans sa maison. Après que Christine a emménagé à New York, que Lenora a commencé à se laisser aller et que Rebecca a eu ses bébés ici, j'ai su qu'il me fallait retourner voir Lenora. J'ai vécu à ses côtés pendant les quarante années qui ont suivi, dans une maison dont je me suis occupé, et, en vieillissant, elle a oublié que j'étais son mari et a décidé que j'étais le majordome et l'homme à tout faire. Christine n'est jamais revenue voir sa mère ; occasionnellement, je recevais une lettre de sa part dans laquelle elle nous donnait des nouvelles. Elle ne s'est jamais mariée et est devenue actrice et vedette à Broadway. Je l'aimais, mais elle avait changé de nom afin que personne ne sache d'où elle venait, et elle créait des histoires pour pouvoir se réinventer. J'adorais ses lettres et je lui demandais toujours la permission de venir la voir, mais elle refusait toujours. Au final, j'ai perdu tous mes enfants ; mais il me reste encore les garçons, mes petits-enfants. »

Oncle Jed enlève ses mains de mes pieds et l'étrange sensation que les molécules s'entrechoquent se concentre et s'intensifie ; j'ai l'impression que mon corps devient plus spatial et plus léger que jamais.

« Aimerais-tu faire une petite promenade aujourd'hui, Jacob ? »

La joie instantanée et intense qui émane de mon corps sans lien avec une quelconque pensée ou un quelconque désir me donne le sentiment étrange qu'il y a dans mon corps une force de vie qui a choisi, sans me demander quels étaient mes besoins ni les prendre en considération. Je n'ai jamais ressenti pareilles énergie et vitalité.

« Oui, absolument ! »

Oncle Jed est pris de ce merveilleux rire retentissant qui purifie l'âme et envoie des ondes de choc dans le corps. Puis il me prend par la main.

« Maintenant, Jacob, il faut que tu y ailles doucement ; ton corps a bien guéri, mais il y a encore des choses qui doivent revenir comme avant pour que la circulation sanguine et énergétique redevienne complète, car c'est cela qui guérit l'organisme. »

Il prend mes jambes et les tire doucement en direction du rebord du lit ; puis il commence à les faire glisser par terre, tout en tirant mon bras gauche. Mon corps commence à se mettre en position assise, ce qu'il n'avait pas fait depuis au moins six semaines. Tandis que j'arrive enfin à me tenir droit et que mon poids bascule sur mes fesses, une douleur lancinante remonte dans ma colonne vertébrale et transperce mon cerveau, alors que perce un désir d'inconscience qui nous rappelle, à moi et à mon corps, la nuit de l'accident. Je commence à sombrer dans le sanctuaire ténébreux dans lequel je trouve refuge, loin de la douleur, mais, d'une secousse, Oncle Jed me fait reprendre connaissance en déclenchant l'intense mouvement moléculaire ondulant dans mon dos, dans ma colonne vertébrale et dans mon cerveau, qui amène les molécules à s'entrechoquer plus fortement et à devenir ce que l'on ne peut décrire que comme un espace spatial à l'intérieur de l'espace corporel.

« Maintenant, il est temps de te lever, mais ne fais pas de mouvement trop rapide et laisse-moi gérer le poids et le mouvement de ton corps. »

Tandis que j'essaie de me lever, il n'y a en moi aucune certitude que mes muscles vont se mettre à fonctionner. Je prends conscience que j'ai décidé que je ne remarcherais jamais plus le premier matin où je me suis réveillé après l'accident, car je ne sentais plus mes jambes. C'est étrange que cela me revienne en cet instant. Je me rends compte que c'est ainsi que tout fonctionnait dans ma vie, avant d'arriver ici, et que, chaque fois que je décidais que les choses se passeraient de telle ou telle manière, c'était exactement ce qui arrivait. Depuis que je suis ici, tout ce que je croyais vrai a été chamboulé, et, tout à coup, je me rends compte que, par le passé, aucune de mes pensées n'était vraie ou réelle. Je me mets à rire, pendant qu'Oncle Jed me tient les bras, me tire du lit et me positionne sur mes pieds. Le contact avec le sol me rappelle l'humidité de la mousse qui pousse en hiver. À côté, le velours semble rugueux et manquer de profondeur au vu des multiples saveurs de la vie ; la douceur et l'humidité m'accueillent, me parlent, et je m'émerveille du cadeau reçu, qui s'offre à moi dans la moindre molécule de son être. Le sol, que je prenais pour un étrange objet inanimé, me séduit, m'accueille et me fait don des molécules d'énergie qui lui donnent vie maintenant, et non par le passé ; tandis que je me déplace, le moindre pas dynamise, guérit et stimule mon corps et mon être. Oncle Jed se remet à rire, dans l'exubérance retentissante et thérapeutique de sa lumière et de sa vie, et je ressens encore plus de picotements dans mon corps. Cette sensation me donne l'impression d'être un nouveau-né pour lequel le moindre moment est tellement amusant, accueillant et nourrissant que la vie commence à se désirer dans le corps et dans l'âme.

Tandis que nous avançons vers la porte, Jed commence à émettre une fréquence vibratoire viscéralement perceptible, bien qu'inaudible. La porte s'ouvre d'elle-même, et nous marchons dans la lumière brillante d'une journée froide et revigorante, alors qu'une fine couche de neige recouvre le sol. Il me vient à l'esprit que je ne porte pas de chaussures, mais je prends soudain conscience que le froid est telle une couverture qui m'accueille, et la neige sous mes pieds nourrit les cellules de la terre et les miennes. Ce n'est pas que je « ressente la neige », mais j'ai plutôt la sensation intense de l'attention qu'a la neige à mon égard, qui n'est pas désagréable en comparaison de la chaleur. Ce sont simplement différents plaisirs. À nouveau, j'éprouve une soif de vivre et l'exubérance d'un chiot qui bondit. À chaque pas, mon corps avance, plus fort, et aspirant avec plus d'enthousiasme au chant de la vie qui, telle la vibration émise par Oncle Jed, caresse et nourrit le corps et l'être. À chaque instant, il y a l'orchestre composé des arbres, du vent et des oiseaux, et le silence et l'espace qui incluent tous les habitants de ce lieu, qui, tout comme moi maintenant, sont la cathédrale de l'unité, le murmure des possibilités et la joie de la différence, éveillés aux éléments que sont l'harmonie moléculaire et la cohérence vibratoire dont parlaient les hérétiques et les éveillés spirituels, sans jamais les transmettre ni les démontrer. Jamais je n'ai été aussi conscient, aussi ouvert et aussi parfaitement chouchouté de toute ma vie. Je sais maintenant que « le lieu » et moi-même appartenons l'un à l'autre avec une liberté et une paix sans précédent, dont j'ai rêvé, que j'ai désirées et que j'ai cherchées, sans jamais les trouver. Je suis chez moi, je suis moi, et, de l'ordinaire, je suis passé à un monde prodigieux, empreint d'aucune énergie négative, celle-ci ayant perdu toute réalité.

Les garçons apparaissent, et, tandis qu'Oncle Jed me lâche les mains, ils prennent le relais, et, instantanément, je suis de retour dans mon lit. Ils disposent sur moi mes couvertures, et en un clin d'œil disparaissent. Je suis seul, mais pas seul. La paix dont je sais désormais qu'elle est vraiment moi dissipe l'idée que la solitude serait plus réelle que la rigidité folle que j'utilisais pour définir les limites de la vie. Comment exister dans le monde, quand tout ce qui n'est pas réel, et qui n'a l'apparence de la réalité qu'à cause de l'influence des idées et des croyances transmises par les parents, la famille, l'école et l'entourage, est ce qui détermine vos choix et le cercueil de votre réalité ?

Je prends maintenant conscience que le monde que j'ai quitté a tellement peu de substance que c'est comme si je lisais une bande dessinée dans laquelle les images expliquent l'histoire. Chaque action est motivée par la stupidité, le manque de communication et de conscience, les faux-semblants et le besoin de prouver l'attention qui est portée, à défaut de la paix et de l'espace, dont je sais désormais qu'ils constituent une attention plus vraie que ce que j'aurais jamais cru possible. Ô, paix bénie et espace joyeux, merci de m'avoir permis de connaître ce qui est grandiose et de m'avoir fait cadeau de cette prise de conscience : jamais plus je ne serai obligé de me diminuer.

Chapitre 22

Au réveil, je perçois la neige qui recouvre maintenant le sol. Je sais même qu'elle a une profondeur d'une cinquantaine de centimètres, et je perçois les lapins et les rongeurs qui dorment ou se déplacent, ainsi que les faucons et les hiboux qui explorent la neige pour dénicher les inconscients qui ne transcendent pas leurs sens, mais se laissent dominer par leurs besoins et leur faim.

La porte s'ouvre silencieusement et Ruth entre dans la pièce ; un manteau chaud en peau d'animal enveloppe ce corps séduisant que j'ai envie de toucher. Une nouvelle fois, son embarras me prouve qu'elle sait ce que je pense.

Le plateau est plus grand aujourd'hui, et je comprends que nous allons manger ensemble. La petite table qui se trouve sous la fenêtre invite mon corps à s'extirper du lit et à s'asseoir sur une chaise, pour changer. J'aimerais être prudent en me levant, mais je sais que ce serait mentir, ce dont je me sens incapable. Mes jambes glissent hors de mon lit, comme quand j'avais quinze ans et que j'ai découvert que courir décrassait et soulageait le stress créé par les hormones qui s'entrechoquaient dans mon cerveau et tourmentaient mon corps, dans cette éternelle bataille pour la domination de l'esprit sur la matière.

« C'est une bonne chose que tu sois sur pied. Les garçons t'ont remis au lit au moment où ton corps avait reçu tout ce qu'il pouvait supporter en matière de douleur. L'intensité de ce qui peut être vécu a été à tort interprétée comme une douleur par la plupart des gens, qui supposent que l'intensité ne peut être incluse dans la conscience. C'est cela que l'humanité appelle la douleur. Si tu veux, aujourd'hui, nous pouvons aller jusqu'aux mares où les eaux chaudes te guériront et vous nourriront, toi et ton corps.

— Je pense à autre chose qui pourrait nourrir et guérir mon corps… Qu'en dis-tu ? »

Tout est dit dans son rire et ses yeux étincelants. Elle n'est pas contre, mais ce ne sera pas pour aujourd'hui. Waouh, je prends conscience que je le sais parce que je l'ai lu dans ses pensées, et non dans son regard et son attitude.

Nous mangeons, puis elle se lève. Elle met des bottes que je n'avais pas encore remarquées et me propose de m'en mettre. Tandis qu'elle passe une paire de bottes douces et souples sur mes pieds, je me demande si elles supporteront la neige. Elle sourit, et, une nouvelle fois, ses pensées me livrent tout ce qui est présent à son esprit : je sais que ces bottes n'absorberont jamais la neige ni le froid grâce à l'énergie que nous leur donnerons.

Nous quittons la cabane et commençons à marcher dans la neige. Ma nouvelle conscience de la vie et de la beauté de chaque chose autour de moi remplit mes sens, et le silence dont la neige nouvellement tombée est porteuse inonde chacune de mes molécules de la gracieuseté immodérée qu'offrent les éléments et que nous ignorons si misérablement. Pour la première fois de ma vie, j'éprouve un sentiment de complétude, le sentiment que la droiture est le chaos de l'ordre que l'univers atteint perversement dans une aisance totale. Quant à nous, nous cherchons en vain à justifier notre point de vue afin d'imposer à tous et tout notre mainmise sur le monde et notre statut divin, comme si cela pouvait légitimer nos vies et créer dans le chaos un ordre qui n'est que le reflet de notre niveau de conscience limité, et ce pour pouvoir nous sentir en sécurité et nous protéger de ce qui échappe à notre contrôle.

Je ne me souviens pas d'avoir songé à prendre un manteau avant de quitter la cabane, mais le contact de son bras contre le mien me donne le sentiment de chaleur que l'on a devant un feu plus chaud que tout ce qui est autour et qui fait disparaître le froid, et m'évite sa morsure. Comment se fait-il que je n'aie pas froid ? Instantanément, la réponse vient d'elle – non pas sous forme de mots, mais par une transmission complète d'informations. Et, maintenant, je sais qu'à son contact mon corps doit produire autant de chaleur que nécessaire pour être à l'aise, et que nous avons la faculté de contrôler la sensation de froid ou de chaleur dans notre corps, sur simple demande. Il me semble que je commence à aimer la télépathie. Et puis je songe à l'une de ces nuits passées et au sentiment que je me masturbais dans la neige ; elle m'attrape, m'enveloppe, moi et mon corps, dans la chaleur de son être, et la montée de l'orgasme inonde la moindre parcelle de possibilités sensorielles en moi, d'expansivité et d'un lien renforcé à l'univers tout entier.

Son rire m'arrache à ce souvenir et me ramène dans le présent. Soudain, je me sens quelque peu gêné de m'être fait prendre, mais la beauté de son rire qui tinte dans l'espace se mêle à la brise qui souffle dans les arbres, tandis que de la neige glisse depuis les aiguilles des pins et retombe au sol en faisant un bruit sourd, qui n'est pas sans rappeler un dauphin émergeant à la surface de l'océan avant de replonger ; il n'y a aucun son, mais seulement des ondulations qui indiquent un mouvement. Ici aussi, il y a un mouvement quand la neige tombe, mais je prends conscience que le mouvement est lié à l'énergie créée par la chute sur la neige d'une masse de neige. Soudain, je sais que c'est cette même énergie que l'on ressent en cas d'avalanche, d'inondation ou de chute de rochers. J'ai maintenant connaissance de ce dont j'ai toujours été conscient, sans avoir les mots pour le décrire.

Par le passé, j'ai senti l'énergie de choses en mouvement ; par exemple, avant un séisme en Californie, j'étais agité et remuant. Je me suis réveillé avant qu'il ne commence et je suis sorti dans la nuit, me demandant ce que je faisais dehors à une heure pareille. Je commence à comprendre les mouvements énergétiques avant de voir les choses, ces mouvements étant caractérisés par des ondes qui transmettent des informations pourvu que l'on ne renonce pas à être conscient. C'est la conversation la plus étrange que j'ai jamais eue, et Dieu sait que je suis un bon à rien sans aucune éducation !

Elle rit à nouveau, et le pur ravissement que cela me procure caresse mon corps et mon âme. Enfin, je comprends ce que cela fait d'être attentionné sans juger : je me sens complètement accueilli. J'avais toujours pensé que c'était cela que l'amour avait à offrir, sans que cela ne me soit jamais arrivé. Une nouvelle fois, j'ai le sentiment étrange de communiquer sans échanger de mots. Je prends alors conscience que c'est la même énergie de la neige qui tombe dans la neige. Que quand une chose tombe dans l'unité, c'est uniquement pour créer une énergie qui se propage dans l'univers avec une grande aisance. Consentant en silence à l'émergence d'une nouvelle possibilité, elle permet de choisir quelque chose qui dépasse ce que notre monde limité peut imaginer.

Nous avançons dans la neige silencieuse et je ressens l'eau devant nous, comme si elle respirait avec l'intensité du sang qui circule à grande vitesse quand on fait de l'exercice physique, qui rend euphorique, fait transpirer, donne une conscience vibrante de chaque molécule et de chaque vaisseau sanguin, et fait naître une douce joie liée à une saine fatigue musculaire.

Nous prenons une petite montée et l'odeur de la vapeur produite au contact du froid et de la neige se diffuse dans mon nez ; le déferlement aromatique de la brume volcanique, le froid extrême et sec de la neige et le merveilleux cadeau promis à mon organisme sollicitent chacune des fibres de mon corps et me rappellent à quel point l'incarnation est extraordinaire. C'est ce sentiment incroyable qu'il y a toujours eu autre chose, et que la promesse est réelle et sera tenue.

Quand nous arrivons en haut de la côte, la brume qui se dégage des sources au contact de l'air froid me rappelle ces épais brouillards californiens qui font disparaître les bruits futiles dans la douce épaisseur du silence viscéral qui nourrit l'instant présent et ne s'intéresse qu'à lui. Ni le passé ni le présent ne sont aussi délibérément intenses que la douceur sourde qui enveloppe et nettoie le corps et le mental, grâce à la proximité sensorielle de la présence à soi-même.

Elle me prend par la main et nous avançons vers le rebord de la mare. Nous enlevons nos vêtements et les posons sur un rocher qui n'est manifestement recouvert ni de neige ni d'humidité, et qui promet de nous rendre des vêtements chauds pour nos corps à la fin de notre bain. Nous pénétrons dans l'eau. Sa chaleur et sa senteur, l'extraordinaire accumulation des miracles d'année en année et des milliers de plantes et de feuilles, tout ce mélange bouillonnant, est une brève caresse de notre uniformité, de notre proximité et de notre unité à tous, cadeau que nous fait la terre et cadeau que nous lui offrons. Des larmes perlent sur mon visage en prenant conscience des parodies auxquelles se livre l'homme sur Terre et du fait que notre planète donne encore et toujours, sans jamais rien exiger en retour. La Terre, qui nous fait grandir et nous nourrit grâce au souffle de l'air, accepte nos déchets en se rebellant rarement, tels une mère et un père aimant tous leurs enfants. Elle est la source d'une énergie que je peux percevoir comme un appel de l'avenir de quelque chose que je sais, mais auquel je ne peux donner la solidité d'une simple pensée, quelque chose qui émet des souhaits depuis l'intérieur de moi-même, mais n'exige rien, lançant un appel à d'autres possibilités et posant la question de la contribution qui n'éveille que le besoin de choisir.

S'il vous plaît Dieu, dieux, puissances en place, montrez-moi le chemin. Les larmes sont suivies de sanglots, non pas pour la Terre, mais en raison du triste sort de l'humanité à laquelle tout est promis, mais qui refuse le cadeau en or et la paix qu'incarne ce lieu et qui pourraient se répandre partout sur Terre à condition que nous ayons la volonté de choisir une réalité qui ne requiert nulle destruction et qui serait rendue si attirante grâce à ce changement. Ô, Terre bénie, puissé-je maintenant choisir avec toi de prendre véritablement conscience que nous sommes des gardiens pour toi, et que les choix que nous faisons pour toi sont des choix que nous faisons pour nous.

Nous sommes là depuis des heures, des semaines, des minutes, ou depuis l'éternité, mais mon sentiment est qu'enfin je sais ce que j'ai cherché toute ma vie et que je l'ai désormais trouvé. Ce que j'ai trouvé, c'est moi, cet espace de paix, de joie et d'unité avec tout l'univers que je suis.

Elle me prend par la main et me conduit à mes vêtements. Nous nous asseyons sur les rochers et le froid m'enveloppe de sa bienveillance. Je n'éprouve pas le besoin de porter de vêtements ; pourtant, Ruth commence à m'envelopper de la serviette qui était là ou qui vient d'apparaître, et elle touche mon corps avec ses douces mains. La joie d'être aimé et nourri semble si juste et si réelle… J'ai l'impression que mon cœur va bondir dans sa poitrine et que nous allons former un seul et même corps aux multiples parties imbriquées les unes dans les autres, corps et âme. À ce moment-là, je sens que les soixante-sept habitants de ce lieu se joignent à nous et font exploser les limites de mon cerveau et de mon mental en me faisant prendre conscience que la Terre contribue elle aussi à l'union de nos corps et de nos êtres et nous offre une réalité, une vérité potentielle qui n'a encore jamais été explorée.

Chapitre 23

Trois jours durant, je suis resté seul, sans nourriture, sans compagnie, sans Ruth. Mais le merveilleux sentiment d'unité avec toutes choses m'avait ôté tout besoin ou tout désir.

La paix que je ressens fait disparaître le désir ou le besoin ne serait-ce que de manger, et le sentiment que le monde entier nous nourrit, moi et mon corps, dépasse tout ce que j'ai connu jusque-là.

L'aube n'est pas encore là. La lumière brillante de la lune imprègne le paysage de ma chambre et mon âme, et je choisis le lien avec Ruth, qui n'est plus une nécessité, mais un appel au désir que j'éprouvais pour elle par le passé.

Je la sens mentalement, et je sais qu'elle a demandé ma présence à la mare. Je sors de mon lit, la lumière de la lune est tout ce dont j'ai besoin pour voir le monde. Je m'habille et je quitte la chaleur de ma chambre et le feu qui brûle et qui est contenu depuis trois jours. Je ne me demande plus comment cela est possible, je sais simplement que cela est.

J'arrive à la mare. Le brouillard, qui réduit toute chose au silence et m'enveloppe dans son affection et sa proximité, s'étend dans les fibres de mon corps. Mes narines sont remplies de molécules d'eau flottant dans l'air tels les pollens de l'été, odorantes, séduisantes, relaxantes, et remplies de structures qui se relient maintenant à chaque particule de mon corps et dont il émane la joie d'être.

Je sais qu'elle est là, je sens sa présence ; la brume mouvante et tourbillonnante sert de catalyseur qui fait resurgir des souvenirs du passé, et me rappelle les fois où j'étais ici seulement mentalement, mais de toute mon âme.

Tandis que la brume se lève légèrement dans la brise qui s'agite autour de moi, la fraîcheur de l'air caresse le haut de mon corps, dévoilé en raison de la chaleur intense de l'eau. La chair de poule revigore mon corps et éveille en lui de nouvelles sensations que je croyais impossibles. Elle est là, face à moi, de l'autre côté de la mare. L'eau qui est juste au-dessus de ses seins cache ce que je désire maintenant intensément. Je ressens son toucher en étant dans mon corps, et, à son tour, mon être s'élance vers elle pour toucher son corps. Je ressens ce que perçoit son corps, et la chair de poule qui gagne ma poitrine fait apparaître la chair de poule sur le bout de ses seins. Je ressens que mon corps ressent son corps et qu'elle nous ressent, moi et mon corps ; nos structures moléculaires sont entrelacées. L'intimité que cela crée, le jaillissement de la vie dans nos organes sexuels et les molécules qui s'entrechoquent pour créer l'espace que nous sommes font l'expérience du mouvement de la solidité des corps et sont l'expression du désir de vie que nous appelons vainement le désir sexuel. Je sens ses cheveux dans la rosée du brouillard ; leur humidité et son parfum qui me parvient stimulent plus dynamiquement le besoin d'avoir son corps près du mien.

Je ferme les yeux et commence à me souvenir de mes ressentis dans mes rêves ; ce faisant, la mémoire du passé fait disparaître la chaleur du moment, et elle commence à s'écarter de mon corps. Car je me suis moi-même écarté d'elle dans les moments où j'ai fait resurgir les fantasmes du passé dans l'intimité sexuelle du présent. J'ouvre les yeux, et, une nouvelle fois, nos corps et nos êtres sont entrelacés ; la stimulation que nous ressentons tous deux me conduit aux portes de ce que j'appellerais l'orgasme. Soudain, elle élargit ma conscience et nous nous retrouvons dans une mare plus grande où nous sommes plus éloignés physiquement l'un de l'autre et où l'intensité du ressenti, du ressenti qu'elle a de moi, commence à ramener nos corps au point d'ébullition. Au moment même où je désire exploser, j'entends son souhait d'expansion. Qui rejoint le mien.

Une nouvelle fois, cette impression que son corps est éloigné de moi est démentie par l'odeur de sa chevelure et de son corps, ainsi que par le mouvement vers moi et l'apparition de ses merveilleux seins au-dessus de l'eau, leurs bouts endurcis au contact du froid qui est mien. Je plonge dans l'eau, et le besoin d'explosion se transmet à quelque chose qui est plus intime dans la conscience de son affection et qui nourrit cette partie de moi que j'ai découverte il y a trois jours.

Le besoin de la toucher et son envie de me toucher s'intensifient à nouveau, tels la forêt et les animaux qui accueillent le cadeau de la vie. Nous devenons ce cadeau de la vie l'un pour l'autre ainsi que pour le monde, et, une nouvelle fois, je m'élance vers l'être qu'elle est, et que je suis aussi, et nos corps répondent par un orgasme débridé et bruyant dans une paix et une expansion incroyables. C'est ce à quoi les bouddhistes doivent faire référence quand ils parlent d'orgasme intérieur.

Une nouvelle fois, nous entrons en expansion, et, ce faisant, nos corps se rapprochent naturellement, sans effort musculaire. Nous sommes poussés au contact et, au moment où elle atteint et touche ma main, je ressens à nouveau cet aspect orgasmique de la sensibilité qui transmet des ondes à travers mon corps et le sien.

Je la touche, et le moindre contact fait naître dans mon corps une envie explosive d'aller plus loin. Elle ne m'a pas encore touché. Je me penche en avant et pose doucement mes lèvres sur les siennes. Je sens que ma barbe de trois jours électrise son corps ; le contact de nos langues, avec la douceur du papillon, envoie des secousses jusque dans mes orteils. Et il y a la chaleur qui augmente dans notre entrejambe – et non pas nos entre-jambes, car il semble maintenant que nous soyons un unique corps muni de quatre bras et de quatre jambes, et d'un seul torse suggérant à l'autre quoi faire. Nous nous enfonçons dans l'eau chaude en sachant que la chaleur de notre corps renforce celle de l'eau, que l'eau fait un avec notre corps et que sa joie est également nôtre.

Lentement, et avec grand soin, nous faisons en sorte que notre corps revienne à lui. L'espace en lui glisse avec l'eau, la vapeur et le brouillard. Le froid sensibilise chaque aspect de nous-mêmes grâce au dynamisme sensoriel d'ondes de sensations, d'intensité et de satisfaction irrationnelles, riches en possibilités stupéfiantes. Et les ombres de l'avenir accueillent la valeur du moment, tandis que le temps et l'espace se transforment en la caresse d'un mouvement uni.

Puis l'aube vient. Nous aussi. Nous venons ensemble. Le séisme qui accompagne l'éjaculation de mon corps dans le sien et son éjaculation dans mon corps ébranle les fondements mêmes de ma vie et de mon expérience sexuelle par la beauté et la joie de la lumière et de l'espace, et par le chant des oiseaux, qui commence exactement au moment où, ensemble, nous incarnons le corps de la vie. L'orchestration de ces moments et l'espace de vie que nous sommes tous ensemble incluent tout et n'excluent rien. Elle m'embrasse brièvement, cette sensation produisant fugitivement un autre orgasme dans notre corps. Je regarde le visage de la femme que je connais depuis toujours et seulement depuis quelques instants, et je la prends dans mes bras, dans l'espoir que cet instant dure éternellement ; une nouvelle fois, nous sommes pris de vagues d'orgasme, pareilles aux répliques qui suivent le séisme que nous sommes.

Nous sortons de la mare et traversons la neige, le froid créant un autre orgasme tandis que nos corps réagissent à un nouveau stimulus. Je me demande si la vie est véritablement un orgasme continu que nous refusons généralement, mais cette pensée est remplacée par celle de l'activité du jour, que Ruth me transmet par télépathie. J'ouvre la porte de la cabane et un feu crépitant nous accueille tout autant que le lit doux que j'adore autant qu'elle.

« Merci, Jacob, d'être tout ce que tu es. »

Chapitre 24

Noël est presque là. Cela fait maintenant trois mois que Ruth et moi sommes ensemble, et le temps a filé comme si nos journées avaient une exubérance respirante, vivante et joyeuse, et, comme nous, n'avaient ni commencement ni fin. Les conversations sont inutiles, les possibilités augmentent chaque jour, et la vie que nous menons est tellement riche à chaque instant que les besoins du monde extérieur disparaissent.

Nos vies s'imbriquent dans la joie de vivre orgasmique pareille aux mares dans lesquelles nous avons fait physiquement l'amour pour la première fois. Ces mares sont telle l'union sexuelle que nous vivons maintenant.

La première est la grande mare dans laquelle nous nous sentons guéris et où les eaux s'étendent au gré des saisons. La deuxième mare est, tel notre appétit sexuel, plus profonde, plus chaude et plus bienfaisante. C'est le cadeau qu'elle nous offre. La troisième est encore plus chaude, et, tandis que nous développons notre capacité à tolérer une intensité plus grande encore, nous ressentons un degré de bienveillance que la Terre nous offre et que nous offrons à la Terre. La quatrième est plus chaude, plus serrée ; elle nécessite que l'on fasse preuve d'une plus grande créativité et qu'on se laisse porter par les courants et la possibilité de ce qui vient. La cinquième nécessite un sentiment de joie – la joie dans la chaleur et la passion des extrêmes qu'éprouve le corps qui ressent ce qui ne peut être décrit que comme une volonté plus grande de connaître la paix de la communion moléculaire qui crée la joie. La sixième est plus grande, plus lente et plus chaude encore ; elle révèle la nécessité d'une expansion du corps et de l'être afin de savoir ce qu'il est vraiment possible de vivre. La septième est la plus intense ; elle est la source de l'unité avec l'univers et permet d'accueillir ce qui est possible. Dans cette immensité, l'orgasme de la vie commence, sans jamais finir.

Tel a été mon quotidien aux côtés de Ruth. Sans être dans les mares, mais en faisant l'expérience de tout ce qu'elles représentent chaque fois que nos corps se retrouvaient et s'unissaient.

Comme la vie est belle, maintenant qu'il y a ces moments dynamiques qui sous-tendent chaque journée, chaque expérience. Je voudrais tout lui donner, mais il y a la conscience que, quand on peut vivre éternellement, la valeur de cette envie n'est pas dans la possession, mais dans la conscience de son existence.

La porte commence à s'ouvrir et j'ai conscience qu'« elle » vient me voir.

« Bonjour, Ruth. J'étais en train de penser à Noël et aux cadeaux que je pourrais offrir. Est-ce que vous procédez ainsi ici ? »

Soudain, j'obtiens la réponse directement, sans les limitations propres au langage, et je comprends tout : ici, Noël est davantage lié aux énergies que nous offrons à la Terre ce jour-là. Il n'y a ni sapin, ni décorations, ni festin, qui font partie du monde dont je viens et auquel je désire si peu retourner.

« Jacob, les garçons ont un cadeau pour toi. Mais, comme nous n'offrons pas de cadeau à Noël, tu peux l'avoir maintenant. Les garçons seraient très heureux de pouvoir te le donner maintenant. »

Soudain, les garçons sont dans la chambre. Le ravissement qui est visible sur leurs visages est contagieux et je me mets à rire, ce qui crée une grande joie et des rires dans leur univers, ainsi que dans celui de Ruth.

« Jake, veux-tu nous accompagner à la grange maintenant ? »

Il est tellement étrange de les entendre parler à l'unisson – essentiellement parce que quand ils m'envoient des pensées, il m'est beaucoup plus facile de savoir qui est qui.

Tandis que nous marchons vers la grange, il y a un sentiment d'euphorie qui n'a que peu de sens pour moi. Tout à coup, je me rends compte qu'il vient d'eux. Je sais maintenant que ce cadeau est plus spécial que ce qui m'a été donné au cours des mois passés et qui m'a semblé si extraordinaire. Le fait que ce soit unique pour eux est palpitant.

Ils ouvrent la porte de la grange, et, là, dans la lumière tamisée de cette très vieille bâtisse, j'aperçois la beauté et la joie de ma vie, ma douce Thunderbird, plus pimpante et plus immaculée qu'à l'époque où je la conduisais il y a bien des mois, avant de croiser le daim.

Des larmes commencent à perler sur mon visage. Quelle différence ! Effectivement, elle est en meilleur état que jamais.

« Les garçons, mais comment avez-vous fait ? On dirait une voiture flambant neuve.

— Eh bien, Jake, nous avons simplement demandé que les molécules reviennent à leur état originel. Tu nous avais donné des photos d'elle à l'époque, et, donc, nous avons demandé que cela se manifeste pour nous.

— Comment ça, vous avez demandé ? »

Encore ce sentiment étrange de recevoir un cours de physique quantique alors que je suis toujours à la maternelle.

« En fait, l'une des choses que nous avons apprises ici est que même les molécules sont dotées d'une conscience, et quand on demande en ayant la bonne – j'imagine que vous appelleriez ça la bonne vibration –, même s'il n'y a pas que cela, les molécules peuvent changer ou devenir ce que vous leur demandez.

— Merci, les garçons, même si c'est on ne peut plus obscur pour moi, je suis vraiment reconnaissant de la voir aussi belle.

— Jake, nous avons un problème. Ses phares ne marchent plus et le moteur ne tourne plus. Nous n'avons pas réussi à obtenir cela d'elle. »

Je me souviens que la voiture était renversée et me rends compte que s'il y a ces problèmes, c'est probablement pour une bonne raison. J'ouvre le capot et regarde la batterie ; elle a l'air en bon état, jusqu'à ce que je l'ouvre et que je découvre que tout l'acide doit avoir fui, ce qui signifie très probablement qu'il n'y a plus d'essence non plus.

En lisant dans mes pensées, les garçons saisissent soudain tout le concept, tout le fonctionnement de la voiture.

« Les gars, comment l'avez-vous ramenée ici ? Je n'ai vu aucune route débouchant ici, seulement des chemins.

— Eh bien, tu sais, nos apparitions et disparitions ? C'est comme cela que nous vous avons ramenés ici, toi et elle ; ce n'est pas difficile quand nous sommes tous les deux, et nous faisons cela mieux que quiconque.

— Merci, les gars. Il faut que je lui trouve une batterie et de l'essence. Où puis-je m'en procurer ?

— Il y a une petite ville à une cinquantaine de kilomètres d'ici. Nous y avons un ami qui nous aide, mais nous n'avons pas d'argent et tu n'en as pas beaucoup non plus, comme nous l'avons vu dans ton portefeuille quand nous t'avons trouvé. Veux-tu aller le trouver maintenant ? »

Il me suffit de donner ma réponse par la pensée et ils la reçoivent. Ils me touchent les mains et nous nous retrouvons à l'extérieur d'une petite ville qui semble presque vide. Les grandes rues en béton me rappellent les années 1920, époque à laquelle l'espace semblait avoir une place importante, sauf à l'intérieur des gens. Les devantures des magasins dans la rue sont silencieuses et vides, telles les ombres du passé, vestiges qui nous rappellent la présence passée de quelqu'un ou quelque chose, qui a aussi fini par disparaître.

Il semble y avoir quelques voitures garées devant une épicerie qui fait également office de station-service et de restaurant.

Les garçons et moi commençons à nous avancer vers le magasin. Je trouve étrange de revenir dans la civilisation – si tant est que l'on puisse parler de civilisation – après tous ces mois de quiétude et de solitude, et je reconnais que ce que j'avais qualifié de solitude était imprégné d'une conscience et d'une présence dans l'instant extrêmement fortes, dont est dénuée la civilisation, qui semble en quelque sorte vide et manquer de quelque chose. De quoi, je n'en suis pas sûr, mais il est clair qu'il y a quelque chose qui est absent. Peut-être simplement le fait que la ville a été pour ainsi dire désertée. La neige accumulée sur les trottoirs ne laisse aucun doute : rares sont les piétons qui foulent ces rues. Le chasse-neige s'est contenté d'enlever la neige de la chaussée pour permettre aux voitures de passer. Il est quelque peu étrange de voir que la neige semble propre et entassée, sans avoir été projetée depuis la rue et sans être couverte de sa saleté. Les petites rues dans lesquelles on aperçoit des maisons condamnées et une couche de neige épaisse de plus de cinquante centimètres confirment que peu de gens viennent ici et que, peut-être même, rares sont ceux qui y habitent.

Nous entrons dans le magasin, et un homme à l'apparence agréable contourne le comptoir en souriant :

« Salut, les garçons ! Comment allez-vous ? Et toi, tu dois être Jacob. »

Je sais que je suis censé être habitué aux bizarreries qui se produisent autour des garçons, mais je ne m'attendais pas à cela.

« Je m'appelle Ryan Boyle, et l'adorable dame qui sort de l'arrière-boutique est ma femme, Lulah May. »

Il rit. Je sais qu'il lit dans mes pensées : *Oh mon Dieu, ce ne peut pas être la Lulah May et le Ryan dont a parlé Oncle Jed dans son histoire !* Elle rit en produisant des sons doux et musicaux qui me rappellent Stormy ; je suis certain que ce sont les mêmes personnes. Ils ont l'air plus âgés que le reste du clan.

« Jacob, veux-tu une tasse de café ? »

Il nous conduit dans la partie du magasin réservée au restaurant et nous nous asseyons. Il semble n'y avoir personne autour de nous.

« Oui, Jacob, nous avons l'air plus âgés parce que nous vivons ici depuis les années 1920. Cette ville a connu un essor important un peu après 1900, quand on a trouvé de l'or et de l'argent. Mais le filon s'est tari dans les années 1930, et tout le monde est parti. Notre groupe a pris conscience qu'il serait utile pour les chercheurs d'avoir un lien avec le monde extérieur, et tu serais étonné de voir combien d'entre eux viennent ici en cherchant un plan, à manger ou un endroit pour passer la nuit. Alors, nous nous assurons qu'ils prennent conscience de ce qu'ils cherchent vraiment et qu'ils le trouvent.

Je vois que tu as besoin d'une batterie et d'essence. Ta chère voiture défie les connaissances des garçons, et il te faut maintenant quelqu'un qui s'y connaisse un peu en voitures anciennes.

On va essayer tes cartes bleues pour voir ce que cela donne. »

Bizarrement, j'ai l'impression qu'il sait ce qui va maintenant se passer, et j'ai le sentiment que quelque chose ne va pas du tout du côté de mes finances.

Tandis que Ryan passe un coup de fil pour commander une batterie, je sors mon portefeuille de mon pantalon ; c'est la première fois depuis des mois. À se demander si des mites vont en sortir quand je vais l'ouvrir. Je prends ma carte bleue et il lit ce qui est inscrit dessus à l'homme qui est au bout du fil. Il ne semble pas le moins du monde surpris quand elle est refusée. Alors, je sors une autre carte bleue et la lui tends, en sachant qu'il y a au moins 50 000 $ sur ce compte. Mais elle aussi est refusée. Il remercie l'homme et raccroche.

« Peut-être devriez-vous appeler votre femme pour savoir ce qui s'est passé. »

Dominé par le sentiment pesant que j'avais très souvent à l'époque où j'étais marié, moi qui avais tous les jours l'impression qu'une tragédie imminente s'apprêtait à s'abattre sur moi, tel un orage qui n'a pas encore déchaîné ses foudres sur le sol, mais qui gronde constamment avant de frapper, je décroche le téléphone et compose son numéro.

Elle répond.

« Patty, c'est Jacob.

— Jacob, tu es vivant ! J'étais tellement inquiète ! Stevie a pleuré pendant des jours en te réclamant. Puis il m'a dit que tu avais commencé à lui rendre visite toutes les nuits et que tu lui avais dit que tu viendrais bientôt l'emmener quelque part s'il avait envie de t'accompagner. Je ne pouvais pas croire que tu étais encore en vie. Où étais-tu passé et pourquoi n'as-tu pas appelé ? Tu ne penses qu'à toi !

— Patty, j'ai eu un accident de voiture et je n'ai pas pu vous appeler. Mais qu'est-il arrivé à mes cartes bleues et à l'argent qui était sur mon compte ? Pourquoi est-ce que rien ne marche ?

— Jacob, ne prends pas ce ton avec moi, tu sais à quel point je n'aime pas ça. De plus, au bout de six semaines, comme tu n'avais pas appelé et que nous étions sans nouvelles, j'ai pensé que tu avais peut-être été tué ou kidnappé, ou que tu avais enfin été admis parmi les extraterrestres, hé, hé, et j'ai contacté la banque. Tu avais oublié de me retirer comme bénéficiaire. Je leur ai donc dit d'annuler tes cartes jusqu'à nouvel ordre, et puisque Stevie était ton ayant droit, que tu me devais une pension alimentaire et que tu devais m'aider à élever notre enfant, je leur ai demandé de me remettre l'argent. Il ne reste donc plus rien à ton nom qui puisse être volé. Je pense que ça a été brillant de ma part de m'occuper de tout ce que tu avais oublié de faire, tu ne trouves pas ?

— Patty, j'ai besoin d'acheter une nouvelle batterie pour ma voiture ; sinon, je ne pourrai pas rentrer.

— Eh bien, tu aurais dû y penser avant de cesser de nous appeler ! Tu ne t'es pas rendu compte à quel point cela m'inquiéterait ? Mais la bonne nouvelle, c'est que, comme j'ai réalisé à quel point tu me manquais, je sais qu'on va pouvoir sauver notre couple, parce que je ne pense plus que ça n'a plus d'importance pour moi. Tu ne trouves pas ça merveilleux ?

— Est-ce que je peux utiliser l'une de tes cartes bancaires pour m'acheter ma batterie ?

— Tu sais, il faudrait que je demande à mon avocat avant de te donner mon autorisation. Si tu m'appelles d'ici quelques jours, j'aurai le temps de le contacter et de savoir ce qu'il me recommande, O.K. ?

— D'accord, Patty. À bientôt. »

Les regards de Ryan et de Lulah May, si j'enlève leur rire perplexe, me soulagent en partie de la colère si forte que j'éprouve.

Lulah May rit doucement :

« C'est bon de savoir qu'il y a quelqu'un qui tient vraiment à vous dans ce monde ! »

Je me mets à rire, d'un rire à moitié hystérique, à moitié soulagé et complètement amusé par cette folie à laquelle je suis à moitié revenu en un seul coup de fil. Maintenant, je comprends leurs regards complices avant le fiasco des cartes bleues.

« Vous saviez, bande de salauds ! Vous saviez ! »

Les larmes, les rires et la joie intense que j'éprouve en prenant conscience que j'ai Ruth, les garçons et tous les autres habitants du « lieu » me purifient des années d'étrangeté répétitive que je considérais comme faisant partie intégrante du mariage. Je sais que je me suis libéré de l'illusion que j'ai vécue, respirée, et que je croyais vraie, et je sais que l'amour ne triomphe pas de tout, et que le fait de donner cent cinquante pour cent de ce que l'on a ne peut qu'attirer à soi une personne qui prendra deux cents pour cent de ce que l'on a et tout notre argent. La joie que j'éprouve dans chaque pore de mon corps et de mon âme envoie un frisson de gratitude pour le cadeau que j'ai reçu lors cette petite conversation absurde.

« Et maintenant, qu'est-ce que je fais, Ryan ?

— Jacob, tu te souviens de la fois où Oncle Jed a trouvé de l'or lorsqu'il est retourné à l'est ? T'es-tu déjà demandé comment il avait fait ?

— Pour être honnête, j'ai supposé qu'il avait utilisé un appareil, une baguette de sourcier ou quelque chose qui l'a conduit jusqu'à l'or.

— Les garçons, voulez-vous prendre cette fiole contenant des pépites d'or et conduire Jacob au ruisseau près de la pointe de Devlin ? Montrez-lui comment demander que de l'or vienne à lui. »

Les garçons me touchent les mains, et, soudain, nous nous retrouvons près d'un petit ruisseau. Je ne peux que supposer, en apercevant un grand rocher ressemblant à une pointe, que nous sommes arrivés.

« Et maintenant, les garçons ?

— Bon, Jake, voilà comment faire. Tu sais, la manière dont tu fais la différence entre nous en fermant les yeux ? Eh bien là, c'est pareil. Le groupe savait que tu aurais cette faculté lorsque tu as su faire si facilement la différence entre nous, et parce que tu as pu ressentir instantanément le nombre de personnes habitant avec nous. Ce que nous voulons que tu fasses, c'est que tu places l'or dans une main, puis dans l'autre, jusqu'à ce que tu ressentes la différence entre le moment où tu as de l'or et le moment tu n'en as pas. Pour t'aider, nous avons une fiole identique simplement remplie de sable. Ferme les yeux ; et nous allons changer les fioles de main autant de fois que nécessaire. »

Tandis que les fioles passent plusieurs fois d'une main à l'autre, je ressens soudain la différence énergétique spécifique à l'or.

« Les garçons, j'ai compris. Ça y est, je ressens la différence. »

Les garçons marchent vers le ruisseau. La neige entassée, qui protège le sol, disparaît dans un rayon d'environ deux mètres quand les garçons la touchent ; en quelque sorte, elle disparaît de leurs mains.

« O.K., Jake. Il faut maintenant demander que de l'or vienne à toi, comme quand tu as fait appel à nous la première nuit où tu étais blessé.

— Je ne me souviens pas de ce que j'ai fait, les garçons. »

Soudain, leurs pensées envahissent mon esprit, et je ressens l'intensité avec laquelle ils ont dû percevoir mes pensées cette nuit-là. C'est tellement exigeant et impérieux, avec en plus un sentiment d'urgence. Je déteste avoir conscience de ce que cela a dû leur faire. Les garçons rient, et la gêne que j'éprouve disparaît presque instantanément.

« C'est exactement l'énergie que tu dois utiliser pour appeler l'or à toi, Jake. Demande, et tu recevras. »

Je me penche et m'accroupis sur la terre nue et froide, qui était recouverte de neige quelques instants auparavant. Tandis que mes mains commencent à balayer le sol, c'est comme si elles avaient acquis une vie qui leur était propre. Je me souviens de la nuit de l'accident et de l'énergie de l'« urgence » qui a fait venir les garçons. Au moment où tous deux disparaissent, j'aperçois une pression sur la paume de ma main. Je m'arrête, la sensation s'intensifie, et le sable qui est sous mes mains commence à remuer et à vibrer comme si quelque chose de vivant était en train d'en sortir. Soudain, la pression dans ma paume s'arrête ; alors, je baisse le regard et j'aperçois une petite pépite d'or sous ma main. Je me mets à crier de joie au moment même où les garçons réapparaissent. Ils ont avec eux un coffret en bois vieux et robuste. Eux aussi bondissent dans tous les sens et poussent des cris de joie. J'ai l'impression distincte d'être un enfant qui vient d'apprendre à conduire un deux-roues, et qu'ils sont mes parents fiers et stupéfaits de me voir réussir si facilement.

J'ai passé trois jours à être complètement fasciné par cette technique, et mon coffret est presque rempli de petites pépites d'or, ainsi que de paillettes. Je ne me suis jamais autant amusé qu'à faire cela de toute ma vie, de l'aube au crépuscule. Il est d'ailleurs intéressant de voir qu'apparemment, ce n'est pas pour l'argent, mais plutôt pour le plaisir de jouer avec l'énergie, tel un petit enfant qui construit un château de sable, non pas pour aller au bout de sa construction, mais purement par joie d'avoir créé quelque chose à partir de rien et de regarder fièrement tout le travail accompli.

Dieu merci, les garçons sont venus tous les soirs et Lulah May m'a donné un bol de soupe chaude et un lit confortable. Il me paraît étrange de ne rien avoir mangé pendant ces trois jours hormis de la soupe, et, chaque soir, je me sentais bien plus satisfait que fatigué. Comme c'est bizarre que les besoins que j'avais toujours eus dans ma vie d'avant semblent n'avoir plus aucune espèce d'importance quand ce dont je dois me « nourrir » est l'énergie de la Terre, du froid, du vent et du soleil, même pâle, et alors que rien ne me fatigue, que je suis simplement reconnaissant de cette bénédiction, de ce cadeau, que la Terre m'offre quand je le lui demande.

Chaque moment semble durer une éternité, et la technique marche mieux et plus aisément chaque fois que je l'utilise. Les paillettes d'or qui remontent à la surface sont faciles à prendre en main, car j'ai compris qu'être l'énergie de l'or et faire appel à elle crée un champ de force ou quelque chose qui la fait adhérer à ma peau, jusqu'à ce que j'inverse le flux, et, alors, tout tombe dans le coffret. J'ai passé les deux dernières heures à me servir de cette énergie, mais nulle part je n'ai ressenti de pression, et alors même que je sonde une nouvelle fois la neige, l'or a cessé « d'appeler » ma(mes) main(s).

Les garçons apparaissent, comme chaque soir quand je fatigue ou quand je suis frustré ; comme c'est étrange et merveilleux qu'ils sachent toujours à quel moment arriver ! Il est clair que les téléphones portables seraient de peu d'utilité ici, d'autant que les antennes médiumniques ne peuvent être stoppées par les montagnes ou les zones non couvertes.

« Bon, Jake, apparemment, il ne reste plus rien dans cette zone. Nous allons ramener le coffret à Oncle Ryan et revenir te chercher. »

Ils disparaissent. Je m'assieds sur le rocher qui s'offre à moi pour que je me repose, et le froid s'engouffre dans ma conscience, tandis que le soleil dissimule son beau visage derrière les nuages qui s'assombrissent et qui laissent présager des chutes de neige. Soudain, je prends conscience qu'il s'agit vraiment de nuages de neige. J'arrive à ressentir la quantité de neige qu'ils contiennent, la longueur de la tempête, la profondeur de la neige, sans parler de tous les éléments qui, autour de moi, me parlent. Les molécules d'air me font don de leur conscience et me parlent une langue que je connais désormais et qui me donne une conscience nouvelle et plus élargie de la contribution que nous apporte le monde, qu'il nous a toujours apportée, et qui pourtant n'a été comprise que des sages, des sirènes et des chamanes dans le reste du monde. Comme le monde et ma vie me paraissent complets !

Les garçons apparaissent, me touchent la main, et, une nouvelle fois, nous nous retrouvons en dehors de la ville.

« Pourquoi nous faut-il marcher si loin, les gars ? Je préfère quand vous me déposez devant le poêle à bois.

— Il y a quelques chercheurs au magasin aujourd'hui. C'est pour ça que nous devons paraître totalement normaux et civilisés. Tante Lulah May a demandé que tu ne parles pas de tes activités actuelles. Elle a ouvert l'une des maisons dans la ruelle et a expliqué que quelques personnes vivent ici en ville, essentiellement pendant l'été, et qu'elles ne t'interrogeront donc pas au sujet de ta voiture ou de ton trajet. Nous passerons la nuit avec toi dans l'autre maison, nous sommes tes neveux. Te souviens-tu de tout ? »

La joie évidente que manifestent les garçons au vu de leur subterfuge me fait rire, et je leur fais savoir par télépathie que j'ai compris.

« Ce soir, pas de télépathie, parce que ça effraie les nouveaux. Donc, retiens-toi, Oncle Jacob. Et, à partir de maintenant, tu es un autre de nos oncles, O.K. ?

— Oui, les garçons, j'ai compris. Je pense que je peux y arriver, je vais faire de mon mieux. »

Tandis que nous entrons dans la boutique, Ryan, qui est près du poêle, se lève et vient vers nous.

« Jacob, entre et réchauffe-toi. Le monsieur météo a annoncé une sacrée tempête. »

Puis il me fait un clin d'œil. J'imagine que cela signifie que le monsieur météo en question, c'est moi.

« Ryan, c'est quoi, cette odeur ? Il me semble que je sens quelque chose. La fameuse soupe de Lulah May ? Est-ce qu'elle en a assez pour moi et les garçons ?

— Je crois qu'elle en a fait assez au cas où une armée débarquerait ce soir. »

Il rit et m'indique par télépathie d'observer les chercheurs.

Je me dirige vers le poêle, où je trouve deux hommes et une femme dans la trentaine. Ils ont l'air un peu fatigués et très préoccupés. La femme est probablement plus jeune, ses longs cheveux blonds sont un peu gras, comme s'ils n'avaient pas été lavés depuis un certain temps. L'un des hommes ressemble à un hippie et a de longs cheveux blond roux, tandis que l'autre homme a les cheveux noirs, une peau sombre qui donne l'impression qu'il est en partie noir, et il a les yeux bleus les plus stupéfiants que j'aie jamais vus, d'autant plus pour quelqu'un qui semble venir de cette origine ethnique. Ils nous regardent, moi et les garçons, d'un air las, et je perçois leurs pensées. Ils ont une sensation extrêmement étrange ; ils ne savent pas pourquoi ils sont là et ils aimeraient trouver de la drogue ou de l'alcool pour se sentir plus à leur aise. Je m'avance vers eux et je tends la main à l'homme aux yeux bleus.

« Bonjour, je m'appelle Jacob Rayne et voici mes neveux, Rob et Roy. Ils n'ont que l'apparence de jumeaux. »

La plaisanterie dissipe la tension et tous trois se détendent quelque peu :

« Comment êtes-vous arrivés ici ? »

Yeux bleus se penche en avant et sourit. Cette belle âme vers laquelle mes yeux ont été attirés nous fait le sourire le plus incroyable que j'aie jamais vu. Ce jeune homme aurait dû être mannequin ou acteur, avec une beauté pareille.

« Monsieur Rayne, vous êtes drôle. Je m'appelle Alex. Voici Charlie, et la jolie blonde, c'est Fleur ; elle est sa petite amie secrète.

— Alex, moi aussi, je vous trouve drôle, parce que l'énergie qui circule entre eux deux est tellement intense que je ne crois pas que ce soit un secret très bien gardé. »

Fleur sourit, et l'énergie d'affection et de tendresse entre elle et Charlie est multipliée par trois. Manifestement, elle est reconnaissante qu'ils n'aient plus besoin de garder le secret. Je me demande ce qui leur arrive à tous les trois.

« Aimeriez-vous vous joindre à moi et à mes neveux pour le dîner ? Le plat est basique, mais Lulah May est la meilleure cuisinière à cent kilomètres à la ronde. Ça ne se refuse pas.

— Monsieur Rayne, nous ne voudrions pas nous imposer ou interférer pendant vos moments en famille, dit Alex – alors que je lis dans ses pensées que ce n'est pas vrai, mais qu'il n'arrive simplement pas à croire qu'un inconnu puisse leur faire ce genre de proposition.

— Alex, Charlie et Fleur, les garçons et moi-même serions honorés d'avoir votre compagnie pour le dîner. Il vous faudra peut-être supporter également Lulah May et Ryan, mais nous promettons de bien nous tenir et de ne pas vous effrayer en vous racontant les folles histoires de fantômes et d'esprits qui hantent notre petit village. »

Leur rire est une réponse amplement suffisante, et Lulah May prépare les assiettes et les couverts en vue d'un repas agréable. L'odeur du pain en train de cuire stimule nos papilles gustatives, et, nonchalamment, la conversation dure une bonne heure, jusqu'à ce que le repas soit servi.

« Vous ne nous avez pas raconté comment vous avez atterri dans un trou pareil ! » déclare soudain Ryan.

Pendant des secondes bien trop nombreuses, il n'y a qu'un silence pesant. Puis Alex se met à parler :

« En fait, nous avons passé les deux dernières heures de notre trajet à nous disputer. Fleur et Charlie veulent s'installer et essayer de mener une vie normale. Ils pensent que tout ce qu'ils ont fait pendant les quinze dernières années n'est pas normal ; que le mariage et le fait de fonder une famille remédieront à l'absence de sentiment d'appartenance qui nous pèse depuis que nous sommes adolescents. J'étais en train de pester contre tout ce qui ne marche pas, d'expliquer que si l'on chasse le naturel, il revient au galop, puis nous sommes restés silencieux pendant une dizaine de minutes avant de voir un panneau qui annonçait : "Vous êtes arrivés dans la ville que vous cherchiez." Nous avons tourné sans échanger un mot et nous nous sommes retrouvés ici. Je sais que cela paraît étrange, mais c'est ce qui semblait juste. Et, pourtant, c'était Charlie, monsieur Tout-le-Monde, qui conduisait ! »

Je vois à l'énergie qui tourbillonne autour d'eux qu'ils sont tout ce que j'étais avant de venir ici. Mon cœur oscille entre le désir de leur montrer et le besoin de me taire. Ryan pense : « Pas maintenant, Jake. » Et je prends conscience qu'il y a bien des mois, ils m'ont permis de prendre mon temps et que cela a marché. Donc, manifestement, ils savent comment donner aux gens les indices dont ils ont besoin pour leur faire prendre conscience de certaines choses.

Tandis que Lulah May se lève pour débarrasser, elle me dit :

« Jake, pourriez-vous accueillir Alex pour la nuit ? Je n'ai qu'une chambre qui conviendrait à Charlie et Fleur, et vous en avez une libre chez vous. Peut-être les garçons pourraient-ils aller allumer les cheminées et réchauffer la maison pour accueillir nos visiteurs du Sud. »

Elle s'est lancée, car ils n'avaient pas dit qu'ils arrivaient de Californie du Sud. Elle a lâché ça comme ça, de sorte qu'ils se demandent si c'était eux ou leur plaque minéralogique qui lui avaient donné cette information, ou si quelque chose d'autre s'était passé. Je suis impressionné. Je me demande si j'arriverai à être aussi habile quand ce sera mon tour.

« Lulah May, oui, c'est une bonne idée que nous accueillions Alex dans la garçonnière. Pouvons-nous venir prendre le petit déjeuner demain matin ?

— Bien sûr, Jake. Ce sera prêt à huit heures.

— Jake, s'exclame Ryan, puis-je vous parler quelques instants sous le porche au sujet du coffret auquel nous nous intéressions ?

— Bien sûr, Ryan. »

Nous sortons sous le porche, dans un silence retentissant, empreint de la paix et de l'immensité du manteau blanc éclatant.

« Jake, j'ai estimé la valeur de l'or que tu as trouvé. Pour l'instant, tu as un peu moins de deux cent mille dollars. »

J'éclate de rire, au point que, je le jure, la neige s'arrête et écoute ce rire qui interrompt la paix.

« Eh bien, j'imagine que j'ai assez pour faire réparer ma voiture.

— On dirait que tu vas être plus riche qu'avant ! Tu ne crois pas, Jake ? Au fait, et si tu me laissais les déposer sur ton compte petit à petit, pour que ni le fisc ni ton ex-femme ne s'en rendent compte, en faisant en sorte que personne d'autre que toi ne puisse gérer cette somme ? Ça t'irait ? »

Je remarque non sans intérêt que, par le passé, mon point de vue paranoïaque aurait été qu'il me fallait garder tout le contrôle d'une telle somme. Mais quand la Terre vous la donne avec tellement d'aisance et d'abondance, cette opinion ne semble plus pertinente ou réelle.

« C'est parfait, Ryan, merci.

— Nous ferions mieux maintenant de rentrer et de voir comment se portent les troupes. »

Tandis que Ryan et moi-même retournons dans la chaleur du magasin, les garçons expliquent à Alex que, s'il se tient bien, ils demanderont à Oncle Jake de lui raconter avant le coucher une super histoire qu'il trouvera palpitante et qui le rendra heureux. Par télépathie, je comprends que cette histoire sera la mienne. Suis-je prêt à la raconter ?

Chapitre 25

Une demi-heure plus tard, Alex et moi-même quittons le magasin, tandis que les garçons sont partis devant pour allumer les cheminées. Comme s'ils avaient besoin d'être sur place pour y arriver ! Tandis que nous traversons les flocons de neige qui tombent doucement, le craquement de nos chaussures est la seule manifestation de notre présence sur la Terre. Alex inspire profondément et soupire ; le silence témoigne sans détour de l'absence de paix dans la vie et dans l'esprit de cet homme gentil.

Tandis que nous pénétrons dans la maison, les garçons me transmettent par message la manière de raconter mon histoire, non pas sous forme de biographie, mais d'éventuelle intrigue de roman.

« Alex, les garçons vous ont promis une histoire ; si cela ne vous dérange pas de vous installer dans le fauteuil à bascule de leur chambre pendant que je vous raconte l'histoire, vous serez le bienvenu parmi nous ; sinon, je peux vous indiquer votre chambre et vous donner un bon livre.

— Jacob, je pense que j'aimerais écouter votre histoire. Mon père m'en racontait au sujet de l'Allemagne nazie d'après-guerre et des difficultés de cette période. Les histoires qu'il me racontait au coucher traitaient toujours de choses qui auraient dû être vraies et qui l'étaient parfois. Mon père était allemand et ma mère infirmière. Mon père est né aux États-Unis dans les années 1950, mais ses parents voulaient s'assurer que personne n'oublie jamais ce qui s'était passé avec les nazis et la souffrance que l'Allemagne avait subie après leur défaite. La famille de ma mère vient du Sud et s'est installée en Californie pour se débarrasser des préjugés qui étaient à l'origine du mouvement des droits civiques. Je suis né pendant la période hippie, et mon prénom est en fait Dylan, mais cela fait tellement hippie que j'utilise mon deuxième prénom pour ne pas avoir d'ennuis. »

Étrange. Ce jeune homme vient de me donner toutes les informations que j'aurais pu demander au cours d'une brève conversation. Je regarde les garçons, et leurs sourires m'indiquent qu'ils se sont amusés avec son mental. Je leur explique par télépathie qu'ils feraient mieux de ne pas faire de bêtises. Leurs sourires s'élargissent. Pas de chance.

« Bon, Alex, l'histoire de ce soir est basée sur une idée que j'ai eue pour un roman ou un scénario, et je ne sais pas comment procéder. Les garçons ont déjà entendu le début. Les garçons, est-ce que je commence là où nous avons arrêté ou est-ce que je récapitule pour Alex ?

— Oncle Jake, répond Rob, nous avons adoré la partie que tu nous as racontée hier soir. Et si tu recommençais en ajoutant certains détails, ce qui permettra qu'Alex ne se sente pas mis à l'écart et que nous soyons contents nous aussi ? »

Je commence à raconter ce qui m'est arrivé au début. La narration est à la troisième personne, comme si j'étais à l'extérieur de moi-même et que les circonstances ne me concernaient pas vraiment. Je fais mon récit pendant une bonne heure ; puis les garçons semblent endormis, et je suggère à Alex que nous sortions discrètement de la chambre. Par télépathie, les garçons m'ont informé que c'est suffisant pour lui pour ce soir.

« Eh bien, Alex, j'imagine que vous devez être fatigué. Je vais vous laisser aller vous coucher.

— En fait, Jake, est-ce que nous pourrions bavarder pendant un moment ? Votre histoire a remué certaines choses en moi.

— Bien sûr, Alex. De quoi aimeriez-vous parler ?

— Eh bien, j'ai toujours eu le sentiment qu'il devait exister un endroit comme celui que vous m'avez décrit, et j'ai toujours eu l'impression que les choses que vous avez décrites au sujet de ces personnes ayant des "pouvoirs", même si ce n'est peut-être pas le bon mot, devaient exister. Y croyez-vous ? Est-ce comme ça que vous avez créé cette histoire ?

— Il est clair que je crois à ce que je vous ai décrit, et j'ai même eu quelques expériences de déjà-vu et de conscience télépathique en parallèle à mon histoire. Est-ce que je m'attends à ce que d'autres y croient ? Non, c'est simplement que j'ai toujours su qu'il devait y avoir autre chose dans le monde, car, sinon, je ne voyais pas beaucoup de raisons de continuer à vivre.

— Jake, c'est exactement ce que je ressens. Cela fait six mois que je songe à mettre fin à mes jours parce que je n'arrive pas à trouver quelque chose qui me procure de la joie et du bonheur. La description que vous avez faite du personnage principal, de son couple et de son désespoir est bel et bien réelle pour moi. C'est ma vie. L'une des raisons pour lesquelles Charlie et moi-même nous disputions en arrivant ici était qu'il s'attendait à ce que Fleur soit la source du bonheur qu'il n'arrive jamais à trouver, pas plus que moi. Je lui ai expliqué que c'était un fardeau bien trop lourd à porter pour elle et leurs futurs enfants. Comment est-ce que quelqu'un d'autre que soi-même peut nous rendre heureux ?

— Alex, je comprends et je suis d'accord. La vérité, c'est que j'ai trouvé tout ce que j'ai cherché toute ma vie : tout est là, à condition que vous demandiez.

— Jake, sur ce, je pense que c'est une bonne idée d'aller se coucher. »

CHAPITRE 26

Le lendemain, la neige délaisse les chercheurs en ville sans que cela semble les déranger. Nous avons pris le petit déjeuner, puis le déjeuner, au cours desquels j'ai observé avec émerveillement Ryan et Lulah May lâcher des bombes dans leurs univers, et je me suis souvenu que les concepts du « lieu » m'ont été expliqués de manière directe, et qu'il m'a fallu faire face et m'adapter.

Tandis que la nuit tombe et que la neige nous enveloppe de son doux silence, les garçons prennent Alex par les mains et commencent à le conduire vers la maison. Je me demande ce qu'ils lui font énergétiquement, car il commence à tituber comme si le seul verre de vin et toute l'eau qu'il a bus l'avaient rendu ivre. Pauvre garçon, il n'a pas la moindre idée de ce qui se passe. Et puis, je me souviens que j'ai moi-même été ce pauvre garçon il y a seulement quelques mois, à moins que ce ne soient quelques siècles.

Tandis que nous pénétrons dans la maison, le feu crépite dans les différentes cheminées, et il fait tellement chaud qu'il nous faut presque nous déshabiller. Je ris de voir Alex qui essaie de comprendre par la logique comment cela est possible, alors que cela fait deux heures qu'il est assis avec moi et les garçons.

Mais soit il a trouvé une raison logique, soit il accepte déjà ce qu'il m'a fallu des semaines à saisir. Bien sûr, j'étais plus âgé et d'une nature bien plus cynique qu'Alex.

Les garçons se précipitent au lit et Alex s'apprête à faire de même, en me jetant un coup d'œil pour voir si je viens. Je ressens presque son mental qui entre en contact avec le mien. Puis il interrompt la connexion et monte l'escalier qui le conduit à la chambre qui pourrait sceller son sort.

J'adore quand j'en fais trop et quand je pense que quelque chose d'important se produit, alors qu'il s'agit peut-être d'un simple flocon de neige qui tombe.

Je m'assieds et commence à décrire les moments où j'ai pris conscience que j'étais déjà venu ici auparavant et que je connaissais cette personne qui s'appelle Ruth. Je lui parle du fait que nous nous connaissions, de la présence, de ce cadeau qu'est le désir, des différentes possibilités, et du fait que j'ai pris conscience qu'il y a quelqu'un dans le monde qui s'est ouvert à mon être et m'a accueilli dans sa vie comme si nous avions toujours été ensemble. Pendant que je termine mon histoire, les jumeaux font semblant d'être profondément endormis, en particulier lors des scènes sexuelles, auxquelles ils ont entièrement pris part au début. Je regarde Alex pour lui demander de quitter la pièce, et je le regarde durant plusieurs minutes pleurer en silence. Les larmes coulent de son menton telle la pluie qui tombe des feuilles, sans rancœur ni besoin, provenant d'un sentiment peut-être plus élevé, à savoir que ce qui est peut se réaliser.

Nous quittons la chambre, silencieusement conscients des besoins de la jeunesse, ou, tout du moins, c'est ce que nous pensons pour justifier le niveau de perception qui était là et qui y est encore. Les larmes continuent de couler ; Alex ne semble pas gêné, mais plutôt soulagé.

« Alors, que se passe-t-il, Alex ?

— Jake, vous venez de décrire ce que je cherche depuis six ans. Ce rêve dont vous avez parlé, eh bien, toutes les nuits depuis les six dernières années, je cherche moi-même dans mes rêves une fille qui s'appelle Jessie, qui m'invite toujours à rentrer chez moi, bien que je ne sache jamais vraiment où se trouve ce chez moi. Et, quand je cherche ses cheveux noirs et ses yeux bleus, tout me paraît inerte et terne en comparaison. Je ressens ces mares et ces sensations, et chaque matin, au réveil, je m'attends à me retrouver là où elle est. Et j'ai toujours envie de me rendormir pour pouvoir la retrouver. Six années de rêves larmoyants, qui ne se réalisent pas. Le simple fait de savoir que quelqu'un d'autre a le même point de vue et que tout cela pourrait se réaliser est ce qui m'est arrivé de mieux en six ans. En quelque sorte, j'ai l'impression de recevoir une confirmation d'une manière qui n'a aucun sens pour moi. Mais je veux que vous sachiez que, lors de ces deux soirées, et avec l'histoire que vous créez, c'est comme si j'avais entendu parler de ce qui doit exister, j'en ai l'intime conviction, et nulle autre personne au monde ne m'a confirmé que c'était possible ni même qu'il s'agissait d'une éventualité vaguement vraie. J'espère que vous me laisserez vous offrir ma gratitude éternelle, car je me sens en paix ne serait-ce que de savoir qu'une autre personne au monde est disposée à croire que ce qui pour moi est réel pourrait bien l'être. Merci. »

Sur ce, il va se coucher. Je commence à avoir le sentiment que quelque chose de très important s'est passé ce soir et que cet homme rejoindra notre groupe sous peu. Je me demande quel est le ressenti des autres, et, soudain, je sais comment les soixante-sept perçoivent la situation : ils m'informent que, demain, sa vie va changer. Et la mienne par la même occasion.

Chapitre 27

C'est le matin. La neige a cessé de tomber. Le silence et le calme sont profondément réconfortants. Je m'habille en prévision de cette journée froide. Il est étrange de voir que, désormais, je suis toujours préparé à ce qui va se passer chaque jour dès mon réveil. Quand on fonctionne en étant dans la conscience de tout ce qui est autour de soi à tout moment, il n'y a pas d'accident ; en même temps, la plénitude de chaque moment et de chaque journée se révèle aussi dans la joie continue et grandissante de l'exploration. Je regarde par la fenêtre ; on dirait que le chasse-neige est passé dans la rue principale. Mais n'ayant pas entendu de machine et connaissant les capacités du groupe, je prends conscience que, d'une manière ou d'une autre, ils ont invité la neige à s'en aller – de même que j'ai moi-même invité l'or à venir à moi.

Soudain, les garçons sont à mes côtés ; ils me saisissent par les mains et nous nous retrouvons tout d'un coup en dehors de la ville, non loin de là. Il y a là ma douce Thunderbird ; une jolie fille aux cheveux noir de jais et aux yeux d'un bleu éclatant est assise sur le siège passager de la voiture en marche. Tandis que je m'installe au volant, la voiture vrombit, laissant entendre le tigre qui rugit dans son réservoir et que j'aime tant, et de la chaleur se dégage de la voiture avec une intensité jamais égalée. La jeune femme me tend la main et me dit :

« Bonjour, Jake, je m'appelle Jessica. »

Merde, alors ! Je comprends maintenant pourquoi les soixante-sept m'ont dit que la vie d'Alex allait changer aujourd'hui. Et Dieu sait que j'ai moi-même changé. Je prends conscience que cette belle fille ressemble à Norma Lea, et, tandis qu'elle lit dans mes pensées, son rire est exactement le même que celui de sa mère. Je me sens ivre de joie, en pressentant la vie qui attend Alex.

Les garçons disparaissent ; je sens qu'ils réveillent Alex et qu'ils l'amènent à la fenêtre pour regarder ce qui se passe dehors. Dans mon « histoire », j'ai fait référence à la voiture, et tandis que je conduis en direction de la maison, la neige disparaît le long de la rue où « je vis ». Nous arrivons devant la maison, la porte s'ouvre et Alex en sort en courant, pieds nus et en caleçon, le froid n'existant pas dans son monde au moment où il se précipite sur la voiture. Jessie se tient là, il l'étreint d'une caresse d'être qui est tellement intime et joyeuse que j'ai envie de me tourner pour ne pas les regarder, mais je ne le peux pas. Je sais qu'il est impossible d'ignorer ce qu'ils ressentent et les pensées qu'ils partagent avec un niveau de présence que j'ai mis des mois à atteindre. Il la soulève et la fait sortir de la voiture, puis s'éloigne du véhicule, des garçons et de moi-même, pour entrer dans la maison qui sera leur refuge pour plusieurs mois.

« Eh bien, les garçons, pensez-vous que tout va bien aller pour eux à partir de maintenant et que nous les reverrons ? »

Leurs fous rires et l'étincelle visible dans leurs yeux me permettent de comprendre qu'ils voient et entendent des choses qui m'échappent même à moi.

Nous montons dans la voiture et je conduis les garçons vers le magasin. Leur ravissement éveille en moi la même euphorie que j'ai éprouvée le jour où ils m'ont rendu ma voiture.

Ryan et Lulah May sont là, en compagnie de Fleur et Charlie, sous le porche, après avoir observé la moitié de l'échange. Je lis dans leurs pensées comme dans un livre ouvert. Tous deux ont vu la jeune femme, Jessie, et, apparemment, Alex leur a beaucoup parlé, avec beaucoup de détails. Ils savent maintenant ce qui s'est passé. Ryan m'informe qu'ils ont expliqué leurs besoins en détail et qu'ils ont parlé toute la nuit du « lieu » ; eux aussi savent ce qui est vrai et possible, et délaisseront les besoins de la vie normale pour devenir les joyaux qu'ils peuvent désormais être. J'ai impression que mon univers s'est élargi de 300 % maintenant que ces trois jeunes gens ont rejoint le groupe qui vit dans « le lieu ».

Ma conscience s'est élargie d'une manière aussi étrange qu'indescriptible, et, soudain, j'entends mon fils qui pleure et la colère que sa mère déverse sur lui et qui n'a rien à voir avec lui. Je prends maintenant conscience que je dois m'en aller et retourner le voir pour qu'il puisse vivre, survivre.

Les pensées de Ruth m'envahissent : elles m'invitent à revenir vers elle. Du coup, je n'ai pas vraiment envie de partir ; pourtant, je sais que c'est ce que je dois faire. Il n'y a ni sentiment de rejet, ni reproche, ni même l'impression de faire une erreur, parce que ce qui est est ce qui est pour moi. Elle est d'une incroyable bienveillance, qu'elle offre à moi-même, à elle-même, au groupe et au « lieu ».

Je n'ai aucune envie de partir, mais je sais que je dois en passer par là ; pour moi tout du moins, l'obligation que l'on accepte en faisant des enfants nécessite de contribuer avec constance, continuellement et sans rancœur. Je commence à prier pour que sa mère me laisse le reprendre ; l'horreur de ce que je vais devoir faire ou dire pour qu'elle puisse changer est tel un feu qui se consume à la base, pareil à une inondation envahissant une maison par le bas. Il commence juste à s'éteindre et à mourir, sans aucun espoir que le vent, du bois ou du papier le maintiennent en vie. Soudain, je ressens que tous les membres du « lieu », y compris les nouveaux arrivants, m'envoient du soutien sous forme de possibilités qui font disparaître la volonté d'échouer et la remplacent par la certitude intérieure que tout peut changer si l'on est disposé à vivre en étant dans la joie que la Terre et l'univers nous offrent ; quoi qu'il arrive, il y aura quelque chose qui conduira à autre chose de plus grand que ce que notre expérience peut considérer comme une vérité favorable à l'univers, qui nous donne ce que nous lui demandons à condition d'avoir le courage de le solliciter.

Je gare la voiture dans le hangar qui se trouve près du magasin et qui était autrefois un garage automobile. Puis je me dirige vers le magasin en compagnie des garçons.

Ryan et Lulah May me lancent le même sourire contrariant qui m'indique qu'ils savent déjà tout, et ils m'informent par télépathie que je dois maintenant aller retrouver Ruth pour lui faire mes adieux. Les garçons me saisissent les mains, et nous disparaissons pour réapparaître dans « le lieu ». Tout le clan est là ; tous m'envoient une affection paisible et la conscience qu'eux aussi savent toujours ce qu'ils ont à faire au moment où cela est nécessaire.

Ruth me prend par la main et nous commençons à marcher en direction des mares. Les pensées qui circulent entre nous sont plus rapides, complètes et riches en possibilités que ce que je croyais possible. Je sais que ces moments me manqueront, et, en même temps, j'ai également conscience que cela n'est pas vraiment possible. Car, en vérité, ce genre de lien transcende le temps et l'espace, et s'offre à celles et ceux qui le captent dans une aisance totale chaque fois qu'ils en ont besoin. C'est en quelque sorte comme quand je cherche de l'or, mais transposé au niveau de l'âme.

Chapitre 28

Nous passons la journée à traverser les bois, appréciant le soleil et l'air frais de l'hiver. Nous sommes maintenant revenus à ma petite cabane. Le feu crépite et le lit est prêt pour nous. Je sais, et elle aussi, que ce sera notre dernière nuit ensemble. Mon Dieu, fais qu'elle dure une éternité !

Elle s'allonge sur le lit ; ses vêtements glissent le long de son corps, retirés par les mains invisibles de ma demande. Mes vêtements tombent à terre et j'en sors, à sa demande. Je m'assieds sur le lit à côté d'elle, et, en souhaitant me remplir de chaque fibre de son être, je commence à placer mes mains sur son corps et à toucher l'énergie qu'elle est. Le désir intense de l'avoir en moi, et pas seulement en mon corps, me laisse une douleur inexplicable. Environ à deux centimètres au-dessus de son corps, je commence à toucher et à caresser son énergie. La pénombre se transforme, tandis que l'arc électrique formé par de minuscules éclairs passe de son corps à ma main. L'électricité excite l'électricité de mon corps en créant l'envie de posséder cette douce étincelle de vie en moi et en mon corps. Les étincelles électriques formant un arc dans l'obscurité laissent une teinte bleue dans l'air qui nous entoure, et nous ressentons le désir d'unir nos corps et de vivre à nouveau cette communion de l'orgasme total qui dépasse nos corps et la Terre. Je continue de caresser tout son corps, et l'éclair nous excite de plus en plus ; nos corps commencent à vibrer à un rythme qui leur est propre. L'envie, le besoin d'unir nos corps émergent et font disparaître les moments qui s'attardent et s'étendent. De petits orgasmes secouent son corps tandis que mon aptitude à attirer quelque chose à moi quand j'en ai besoin déclenche des éclairs électriques plus forts qui partent de son corps et vont vers le mien. Cela fait près d'une heure que nous faisons cela, et l'électricité crée un lien de plus en plus fort entre nous deux, comme si nous n'étions que l'accumulation de milliers de fusions atomiques s'unissant pour accroître nos énergies et notre corps.

Enfin, nous n'en pouvons plus d'attendre ; je me place au-dessus de son corps, et, tandis que je commence à me baisser vers sa délicieuse spaciosité que je n'ai même pas touchée, un éclair jaillit de tout mon être et caresse tout son corps dans une tempête de feu qui fait rage depuis une extrémité de notre être jusqu'à l'autre. Je la pénètre et j'explose dans un orgasme qui nous emporte tous deux à l'autre bout de l'univers avant de nous ramener ; nous hurlons en phase avec les loups, les coyotes et les oiseaux de la nuit, ainsi que chaque rocher, arbre et flocon de neige qui vivent et respirent dans le monde.

Chapitre 29

C'est le matin. Les garçons sont arrivés et nous ont conduits, Ruth et moi, au magasin et à ma voiture. Nous montons les escaliers qui nous conduisent au magasin ; j'ai le cœur à la fois comblé et abattu, car j'ai envie de ce que je dois quitter. L'affection qu'elle me donne emporte ce désir, qui se retrouve décuplé.

Ryan vient vers moi en portant un paquet :

« Voici vingt mille dollars prélevés sur ton argent ; ne t'inquiète pas, tu ne peux pas te faire arnaquer quand tu es conscient et que tu peux entendre les pensées de tout le monde. Nous nous reverrons plus tôt que tu ne le penses, et “le lieu” t'appellera quand il sera temps pour toi de rentrer. Tu y trouveras aussi de la nourriture, dont Lulah May pense qu'elle te plaira beaucoup. Ne sois pas préoccupé, mon ami, tu sais quoi faire quand tu as besoin d'attirer quelque chose, et cela te sauvera toujours. »

Le sourire lascif sur les visages de la foule qui s'est réunie fait rire mon âme. Comme il est étrange de savoir que je n'ai aucun secret ni moment secret pour ces merveilleuses personnes !

Alex et Jessie entrent dans le magasin. Je vois à leurs visages qu'eux aussi se sont délectés de mes moments de joie de la nuit précédente.

« Jake, merci pour ce que tu m'as appris la nuit dernière. Ton histoire de l'autre soir, je comprends que c'était une préparation qui t'a servi à passer aux moments savoureux que tu as vécu la nuit dernière. Apparemment, nous n'avons pas été les seuls à avoir eu la chance de nous amuser la nuit dernière. »

Le rire du groupe est rassurant, comme quand on a des amis qui apprécient une bonne blague cochonne, mais en mieux.

Je sais qu'il est maintenant temps de partir. Je me retourne sans dire au revoir, car rien ne se termine quand on a ce genre de lien ; puis je marche vers la voiture. Elle démarre dans la beauté du renouveau et la portière se ferme doucement. Je recule pour la sortir du garage, et je tourne pour partir sur la route qui me conduira là où je n'ai plus ma place, loin de tout ce qui m'a fait ce que je suis.

Tandis que je passe devant le magasin, tout le groupe me salue, non pas en guise d'adieu, mais en me donnant le sentiment qu'avec mon départ, tout ira mieux. Ruth ne pleure pas, elle est juste empreinte de cette douce et joyeuse sérénité qui nourrit mon âme depuis la toute première fois que je l'ai rencontrée.

Tandis que je traverse la douceur d'une nouvelle chute de neige et que j'observe les aiguilles de pin qui déversent leur beauté glacée sur les congères en dessous, je ressens que le cadeau que sont Ruth, les autres et « le lieu » me relie à ce que je suis devenu et à ce que je suis, et qui m'avait toujours manqué avant d'arriver ici. Je sais que je n'oublierai jamais, et que cela restera pour moi le moment où je me suis trouvé et où j'ai découvert qu'il était possible que chaque chose au monde fasse désormais partie de ma vie.

« Au revoir, douces gens. Merci pour les cadeaux que vous m'avez offerts. Ce cadeau que vous êtes, de ce qui est vraiment possible dans la vie et qui va au-delà du cadeau que je suis. »

Chapitre 30

Ruth se tient sous le porche au moment du départ de Jacob. Un sourire apparaît sur tout son visage au moment où elle sent qu'il lui dit au revoir. Elle a la main posée sur son ventre, qu'elle frotte doucement.

« Merci, Jacob, pour le cadeau que tu es et que tu m'as offert. J'espère que tu rencontreras ton autre fils un jour ; dès maintenant, il est mien. Je l'appellerai Tonnerre. »

Elle rit ; les autres l'entendent et rient avec elle. C'est un secret, entre eux, pour s'amuser. Nous n'en parlerons à personne.

Fin. Pour l'instant…

À PROPOS DE L'AUTEUR

Célèbre auteur de best-sellers et conférencier international, Gary Douglas a créé il y a plus de trente ans un ensemble d'outils et de processus de transformation de vie connu sous le nom d'*Access Consciousness*. Ces outils avant-gardistes ont transformé la vie de milliers de personnes partout dans le monde. Son travail s'est répandu dans plus de cent soixante-dix pays, avec des milliers de facilitateurs formés dans le monde entier. Simples, mais très efficaces, ces outils aident les personnes de tous âges et milieux à se débarrasser des limitations qui les empêchent de vivre pleinement.

Gary est né dans le Midwest, aux États-Unis, et a grandi à San Diego, en Californie. Bien qu'issu d'une famille de classe moyenne « normale », il a été fasciné dès son plus jeune âge par la psyché humaine, et cet intérêt s'est transformé en un désir d'aider les gens à « savoir ce qu'ils savent » et à développer en eux plus de conscience, de joie et d'abondance. Ces outils pratiques qu'il a développés ne sont pas seulement utilisés par des célébrités, des entreprises et des enseignants, mais aussi par des professionnels de la santé (notamment psychologues, chiropraticiens et naturopathes) pour améliorer la santé et le bien-être de leurs patients.

Avant de créer *Access Consciousness,* Gary Douglas était un agent immobilier prospère à Santa Barbara, en Californie, et il a également obtenu un diplôme en psychologie. Bien qu'ayant atteint la richesse matérielle et bien qu'« ayant réussi » aux yeux de beaucoup, sa vie commençait à manquer de sens. Il a donc commencé à chercher une nouvelle voie à suivre, qui créerait des changements dans le monde et dans la vie des gens.

Gary est l'auteur ou le co-auteur de plus de vingt livres, dont le roman best-seller *Le Lieu.* Il décrit ainsi ce qui l'a poussé à écrire ce roman :

« Je voulais explorer différentes possibilités dans la vie. Pour permettre aux gens de savoir qu'il n'est pas nécessaire de vivre avec le vieillissement, la folie, la stupidité, les intrigues, la violence, les traumatismes et les drames que nous supportons, comme si nous n'avions pas le choix. Ce livre a pour but d'expliquer aux gens que tout est possible. Le choix est la source de la création. Et si nos choix pouvaient changer en un instant ? Et si nous pouvions rendre le choix plus réel que les décisions et blocages que nous prenons pour la réalité ? »

Il a un incroyable niveau de conscience et de bienveillance à l'égard de tous les êtres vivants :

« J'aimerais que les gens soient plus conscients et qu'ils se rendent compte que nous devons être les gardiens de la Terre, et non ses exploiteurs et ses agresseurs. Si nous commencions à voir les possibilités dont nous disposons, au lieu d'essayer de tirer notre épingle du jeu, nous pourrions créer un monde différent. »

Grand-père dynamique (d'aucuns disent qu'il n'a pas d'âge) ayant une vision très différente de la vie, Gary croit que nous sommes ici pour exprimer notre unicité et expérimenter l'aisance et la joie de vivre. Il continue d'inspirer autrui, d'enseigner à travers le monde et de contribuer considérablement à l'élévation de la planète. Il proclame ouvertement que, pour lui, « la vie ne fait que commencer ».

Gary a également un large éventail d'intérêts personnels et professionnels, parmi lesquels une passion pour les antiquités (en 2012, il a créé *The Antique Guild*, à Brisbane, en Australie), pour des étalons fougueux qu'il monte volontiers, et pour l'élevage de chevaux Paso au Costa Rica, ainsi qu'un lieu de retraite écologique au Costa Rica.

Pour en savoir plus,
vous pouvez consulter les sites (en anglais):

www.GaryMDouglas.com
www.AccessConsciousness.com
www.Costarricense-Paso.com

Composition et maquette : Soft Office

Achevé d'imprimer
sur les presses de
l'Imprimerie Graphique de l'Ouest
Le Poiré-sur-Vie
N° d'imprimeur : 9301
Dépôt légal : Juin 2021